LA ESPADA MÍMICA

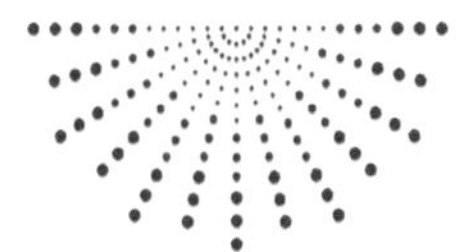

JESSE WILSON

Traducido por

SEBASTIÁN IGLESIAS

Publicado en 2021 por Next Chapter

Arte de la portada por CoverMint

Textura de la contratapa por David M. Schrader, utilizada bajo licencia
de Shutterstock.com

CAPÍTULO UNO

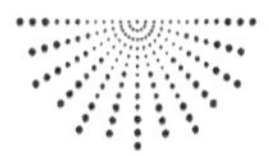

Era un jueves, 14 de Yulex. Los meses de invierno ya estaban presentes desde hacía un tiempo, y la nieve caía en la mayor parte del Reino Antaciano, como lo había hecho por generaciones durante esta época del año. Todo era normal.

Todos en el Reino estaban emocionados por el próximo festival que se llevaría a cabo en once días. El Festival de las Espadas. Este año era su turno de organizar el gran festival sobre el final del año.

En lo profundo de las entrañas del Castillo Lom trabajaba solo un hombre que no estaba emocionado por este, o por cualquier otro festival.

Es un lavaplatos que lleva el nombre de Pen Kenders, que si bien lavaplatos suena miserable, era un trabajo que a él no le molestaba. Pen escurrió la última pileta y suspiró.

- Odio las fiestas, el señorío real parece tener algún tipo de fiestas rituales cada día, que son suficientes para volveme loco. - le dijo Pen a su viejo compañero de trabajo mientras que se secaba las manos con una toalla limpia y luego la arrojaba al gran cubo negro contra la puerta.

- Sí...te quejas cada año. Lo mismo de siempre. Sin embargo

sigues regresando, así que obviamente no es suficiente como para hacerte renunciar. - le respondió Shane en un tono molesto.

- Supongo que tienes razón, pero igual, odio las temporadas de fiestas. Digo, ni siquiera tienen sentido alguno. - Pen dijo lo mismo que dice cada año sobre estas fechas. Le cerró la puerta al lavaplatos y se alejó al momento que lo encendía solo, para evitar que la ráfaga de vapor saliera hacia su rostro.

Segundos después Shane abrió la puerta de metal, quitó el estante de los platos e hizo lo que pudo para evitar el vapor, pero era casi imposible.

- Deberías alegrarte y disfrutarlo, no te hace bien ser tan amargo por las fiestas. - dijo Shane mientras juntaba los platos limpios.

- Hablaremos de eso luego. Solo quiero ir a casa. Ordenemos este lugar y vayámonos, mañana será otro día después de todo. - cambió el tema Pen, cansado de hablar de eso.

- No puedo discutirte eso. - dijo Shane con una sonrisa cómplice mientras levantaba la pila de cosas y se alejaba para guardarlas. Pen simplemente sacudió la cabeza, y tomó la esponja de acero para comenzar a limpiar la mugre que se había formado en las últimas seis horas.

Shane y Pen trabajaban bien juntos y la limpieza solo les llevó veinte minutos.

- Te veo mañana Shane. - le dijo Pen mientras se ponía la chaqueta encima de la camiseta negra empapada.

- Sí, nos vemos luego. - respondió Shane y salió de la habitación. Pen miró alrededor. Después de todos esos años de estar aquí, si bien era deprimente a veces, era su segundo hogar. Era un lugar en el que estaba a cargo, era seguro. Sacudió la cabeza, sacándose el aturdimiento.

- Buenas noches - dijo a nadie, apagó las luces y salió de la habitación.

Pen salió caminando y se desanimó. La nieve caía y el aire helado causó que su ropa húmeda y cálida largara vapor. Fue tambaleándose a través de la nieve fresca hasta el auto. Los muros del castillo usualmente rompían el viento, pero esta noche el viento soplaba en dirección a él.

La nieve se sentía como pequeños cuchillos cuando el viento le azotaba el rostro. Shane se había ido, podía ver la huellas de las ruedas que se alejaban y ahora deseaba que él también se hubiese apurado en salir. Caminó hasta el auto y le sacó la nieve para poder entrar.

Puso las llaves y las giró, pero el motor apenas hizo ruido y se apagó.

- Uh, vamos, no me hagas esto a mí, no esta noche. - dijo Pen desesperadamente y volvió a intentarlo. Suspiró aliviado cuando el motor cobró vida.

- Gracias Taro - dijo en voz baja y volvió a salir del auto con la escobilla para sacar toda la nieve del parabrisas y del resto del vehículo. Pen quitó el polvo de nieve lo más rápido que pudo, se subió al auto y encendió los limpiaparabrisas para que hicieran el resto del trabajo.

- Muy bien, vamos a casa. - dijo, hablando solo. Pen salió del lugar de estacionamiento y manejó muy despacio hacia la salida. Se detuvo en la casilla de guardia y bajó la ventanilla.

- ¿Finalmente te vas hoy, Kenders? - Dan le hacía cada día la misma pregunta. A Pen le molestaba, pero lidiaba con eso de todas maneras. - Sí, otro día, otra moneda, ya sabes cómo es - contestó Pen mientras le entregaba la tarjeta de identificación.

- Ya sé quién eres, no necesitas mostrármela cada vez que pasas - dijo Dan, y le echó un vistazo a la tarjeta plastificada simplemente para hacer sentir mejor a Pen.

- Viejos hábitos y eso. Bueno, que te mantengas cálido esta noche - respondió Pen y volvió a introducir el brazo y subió la ventanilla. El guardia presionó el botón y el portón se levantó. Luego lo saludó con la mano mientras se iba. Pen avanzó a través del portón y entró en el camino.

Estaba abandonado, pero eso era normal en una noche como esta. Se sintió afortunado de que no tuviera que manejar demasiado lejos del castillo. Lo normal como lavaplatos sería que vivieras en el lado desolado del pueblo. Como Pen trabajaba para el Rey y la familia real, le pegaban mucho mejor. Siempre se había considerado a sí mismo un suertudo, pero sabía que la suerte no tenía nada que ver con eso.

Pen viajó por el camino lentamente con la radio apagada para asegurarse de que no se distraería del clima invernal. El viaje a casa fue solitario y tranquilo, justo como le gustaban los viajes a casa.

Pronto estaba entrando al garage y cerrando la puerta detrás de él. Salió del auto y se dirigió a su casa. La casa era bastante grande, pero vivía solo, de hecho él solo usaba cuatro habitaciones del lugar regularmente, las otras tres se mantenían vacías. En el momento que entró, se sacó su vestimenta grasosa y empapada y la arrojó al canasto.

Es algo que hacía de memoria desde hace más o menos quince años ya.

Después de esto siempre va al baño para tomar una ducha para quitarse la sensación de estar mugriento y cubierta la piel de lodo. Este era siempre un proceso rápido porque sus pies estaban siempre tan doloridos que mantenerse en pie le costaba. Estar parado seis horas en un lugar toda la noche lo afectaban.

Salió de la ducha y se puso el pijama, unos shorts grises y una camiseta negra. Hecho esto, fue rengueando hasta la cocina para agarrar la botella de medio litro del refrigerador y se fue derecho a su sillón favorito. Sentarse en él era siempre la mejor parte del día. Reclinarse y no hacer nada era algo que esperaba con ansías todas y cada una de las noches.

Pen alcanzó el control remoto y encendió el televisor. Apareció la red de noticias de EFF en la pantalla.

- Bueno me preguntó qué pasó hoy - dijo para sí mismo y se puso a mirar.

- Hoy un nigromante despertó tres demonios y los usó para atacar la Escuela Primaria Desert Wind. Treinta están muertos en este evento horripilante, pero a la vez demasiado común. Ha vuelto a traer el tema del control de la magia una vez más a las cortes del Rey Lom. - Pen cambió de canal.

Era trágico, pero a él no le interesaban esas cosas porque no había nada que él pudiera hacer. Solo se preocupaba por las cosas que podía cambiar y no sabía nada sobre la magia.

- Solo un lavaplatos. - se dijo a sí mismo. Hubo en momento en su vida en el que podría haber dado ese salto hacia el mundo mágico, pero eso fue hace mucho tiempo. Se acercaba a los treinta años y los usuarios de la magia por lo general comenzaban a los quince. No, Pen sabía que estaba estancado haciendo esto y que probablemente trabajaría de esto hasta el día de su muerte. No le molestaba esa idea.

Pen puso otro canal de noticias.

- Y las familias realas están llegando al castillo de Lom, preparándose para la celebración de la espada. Cada familia lleva su espada sagrada ya que han pasado ocho años desde la última vez que las familias se reunieron aquí. - Pen cambió de canal nuevamente. Estaba harto de todo lo referido a la fiesta y quería evitarla siempre que pudiera.

Cambió el canal a Sinistars y estaban pasando una de sus películas favoritas.

Escuadrón Delta parte tres. Era mejor que las cosas de la fiesta y sería excelente como ruido de fondo. Pen casi nunca miraba la televisión continuamente. La mayoría de las noches pasaba conectado a Internet. Pen era un apasionado de los videojuegos.

Su videojuego online favorito era World of Snowcraft. Era un juego de rol para millones de personas de los ocho reinos. Conectaba a gente común a lo largo de La Distancia, como él la llamaba, otros solo la llamaban Afuera.

Pen agarró la laptop, la encendió y rápidamente inició sesión dentro del juego. Su personaje no tenía nada que ver con su identidad en el mundo real. En la vida real él estaba conforme con ser un don nadie, una pequeña pieza de una máquina enorme, solo haciendo que todo funcione.

En Snowcraft era un Caballero del Terror del clan de Hielo Azul de nivel cien y jugaba bajo el nombre de Sir Kenders. En realidad, esto era más honrando a su padre que a él mismo. En el juego, mantenía en secreto quién era realmente, y si alguien alguna vez le preguntaba, él decía que era un homenaje a la verdadera persona, nada más.

- Oye Kenders, Bienvenido nuevamente - Una voz salió de los parlantes. Bajó un poco la televisión.

- Oye, encantado de estar de nuevo Iceshaper, ¿alguna buena incursión para hoy? - Pen respondió con una voz que era solo un poco más gruesa que su voz normal. Iceshaper era alguien por quien Pen siempre había estado un poco enamorado. Ella era una criomante de alto nivel.

Si bien eran comunes en el juego, muy pocas personas tenían la paciencia como para hacer que el trabajo fuera realmente efectivo, justo como en la vida real. Los de tipo guerrero eran mucho más comunes.

- Sí, la guarida gigante congelada está abierta en celebración del festival de la espada. El clan va a incursionarla y a derrotar al jefe en algún momento de la noche. Nosotros entramos demasiado temprano. - contestó Iceshaper con esa voz dulce.

- Ah, bien, más cosas de la fiesta. Al menos podremos matar algo. - respondió Kenders, y sonrió al pensar en eso.

- Todavía hace calor en esta zona, supongo que está nevando donde tú estás ahora. - respondió Iceshaper con una risa. - Sabes que sí. Frío como, bueno, el aliento de un gigante de hielo. - dijo Kenders y se rió de su pobre broma. Iceshaper también se rió, debe haber pensado que fue graciosa.

- Oye, el resto del grupo está iniciando sesión, vamos a la base principal. - le dijo Iceshaper mientras se teletransportaban a la base.

Las próximas horas las pasaron entre él y otras seis personas arrasando con la guarida de un malvado gigante de hielo. El enemigo al final del calabozo desapareció al final y el clan recibió el premio de un equipo especial con la temática de la fiesta.

Pen miró el reloj y eran alrededor de las tres de la mañana.

- Lo siento chicos son casi las tres aquí. Debo irme. Hablaré con ustedes luego. - dijo Kenders y el resto del equipo lo despidió antes de que cerrara sesión.

Había estado sentado en el mismo lugar por horas y esto era tan duro para él como trabajar. Cerró la computadora y lentamente comenzó a ponerse de pie. Puso la computadora en el brazo del sillón en el que nunca se sentaba y apagó el televisor.

Lentamente se abrió paso hasta el dormitorio.

- Tengo que dejar de hacerme esto a mí mismo. - se dijo Pen para sí, pero sabia que era una mentira. Decía lo mismo casi todas las noches cuando su cuerpo entumecido tenía problemas para moverse.

Llegó hasta su habitación helada. Había dejado la ventana abierta antes de irse hoy, pero no estaba nevando en ese momento y lo había olvidado hasta ahora. Intentó cerrarla, pero estaba congelada.

- Vamos, puedes hacerlo. - dijo Pen y empujó con más fuerza. El hielo se rompió y fue capaz de cerrarla. Pen se tiró en la cama y miró directo al techo. Nunca se le hacía fácil dormirse a Pen. Siempre estaba pensando en un montón de cosas, ideas que salían de cualquier parte.

Esta noche, sin embargo, volteó la cabeza y miró la foto, la última foto que fue tomada de su padre, y suspiró.

- Han pasado tres años, ¿dónde estás? - Pen hacía esa pregunta a veces, pero ya no sabía por qué.

Fue duro para él, pero mucho más duro para su madre a quien Pen no tuvo otra opción más que mandarla a un centro de salud, ya que se volvió loca por una culpa maligna que le surgió cuando recibieron la noticia de que alguien a quien amaban había desaparecido.

Pen sacudió la cabeza y aclaró sus pensamientos. No había

necesidad de estar pensando en cosas que no podía cambiar o por las cuales no podía hacer nada. Había frases bajo las cuales había vivido por años y todavía no habían fallado.

La vida podría ser mucho peor ahora mismo y tenía las noticias para recordarle ese hecho a diario. Este era un día en la vida de Pen Kenders. Apagó la luz apretando un botón, se recostó ahí en la oscuridad para ser transportado a los sueños desconocidos.

CAPÍTULO DOS

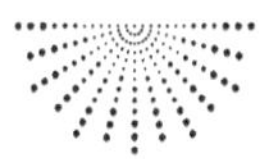

Un día antes de que el festival de las espadas estuviera listo para empezar, Pen estaba haciendo lo que siempre hacía en el castillo. Trabajando como un condenado para estar a la altura de las demandas de todas las familias reales y todos sus invitados.

Pen necesitaba un descanso así que salió de la habitación de lavado sin decirle a Shane y se recostó contra el muro, haciendo el mayor esfuerzo por estirar sus manos rasgadas y empapadas.

Nunca había usado guantes. Una vez lo intentó, pero el agua siempre encontraba la forma de penetrar. Solo lograba que la piel empeorara. Ya estaba cansado, pero todavía quedaban muchas horas. Los tres días de festival habían comenzado y su horario normal de seis horas podrían fácilmente convertirse en doce si la realeza decidía festejar un poco más de lo habitual.

- ¿Estás bien? - le preguntó una voz femenina.

Pen no miró ya que no reconoció la voz, pero probablemente solo era una de las mozas contratadas por el trabajo extra de la temporada.

- Sí, estaré bien. Solo tomando un breve descanso. - respondió Pen, la miró y abrió los ojos bien grandes y se paró derecho inmediatamente.

- Princesa Tatiyana, no me di cuenta de que era... - ella lo cortó. Ella era una elfa de alto rango, del Reino de Vanir en el sur. Alta y tan hermosa como Pen siempre la había visto en la televisión. Él esperaba una personalidad diferente, pero nunca había formado una opinión real sobre ella.

- Está bastante bien. Simplemente no pude soportar toda la arrogancia real junta en una sola habitación y yo también necesitaba un descanso. - le respondió con una sonrisa. En todos sus años, sólo había estado en presencia del Rey Lom y no había hablado ni una vez con él. Esto era nuevo, estaba paralizado.

- Llámame Sarah. Eso de princesa es para los caballeros y los súbditos reales. Soy una invitada en tu casa. - le dijo Sarah y lo miró de arriba a abajo. Era difícil no darse cuenta de que él era un desastre empapado caminante.

- Te daría la mano o algo, pero soy un desastre como puedes ver, mmm, hola. - respondió Pen, nervioso pero tratando de mantener la calma.

- Parece que conoces bien este lugar, ¿hay algún lugar para tener una mejor conexión? El cuarto de huéspedes es espantoso en este castillo. - le dijo Sarah y Pen todavía seguía paralizado, pero pudo liberarse.

- Sí, en realidad la sala de descanso está bastante bien, queda allí por le pasillo. La uso para jugar Snowcraft algunas veces en jornadas muy tranquilas. - dijo Pen y los ojos de Sarah se iluminaron. - Así que tú también juegas, eso es genial. Búscame en algún momento. - contestó ella cuando alguien llegó corriendo por el pasillo.

- Princesa, gracias a Loa que la encontré. - dijo el hombre que estaba sin aliento.

- El Rey requiere de su presencia en el vestíbulo. La ceremonia de aprobación está a punto de comenzar. - dijo con urgencia.

- Fue un placer conocerte. - le dijo Sarah a Pen mientras se daba vuelta y seguía al hombre afuera, hacia el vestíbulo.

- Juega Snowcraft, y ni siquiera pude conseguir el nombre de su cuenta. Diablos, eres un idiota, Kenders. - dijo y sonrió.

- Uh bueno, de cualquier manera es lo mejor. - dijo cuando ella se dirigió hacia el vestíbulo y desapareció. Pasado esto, era hora de regresar a trabajar. Esperaba que ya hubieran terminado la mitad del trabajo de la noche. Al menos eso esperaba. Abrió la puerta para ir adentro.

- Oye Shane, nunca vas a adivinar con quien me acabo de encontrar ni en un millón de años. - dijo Pen, emocionado por contarle a su compañero de lavado sobre su roze con la grandeza. - Sí, ¿con quién te encontraste recién? - Le preguntó Shane cuando cerró el lavavajilla.

- La Princesa Tatiyana, estaba justo afuera. - Pen estaba excesivamente emocionado. - VIejo, eso es asombroso. ¿Pensaste en algún momento en presentarme también? - Shane tomaba algo bueno y lo daba vuelta tan pronto como podía.

- Bueno, no. No fue una visita larga, realmente no tuve tiempo. - le respondió Pen y Shane simplemente sacudió la cabeza.

- Muy bien, de todos modos regresemos al trabajo así podremos salir de aquí a una hora decente. - Shane se sentía dejado de lado.

- Sí, totalmente, vamos a hacer eso. - Pen concordó con él y ahora sabía que había sido una mala idea haber mencionado el tema.

CAPÍTULO TRES

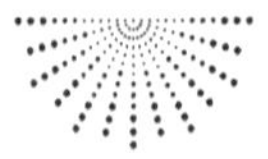

La noche luego del trabajo, estaba inquieto. Quería iniciar sesión en Snowcraft y contarle a todos que la conoció y alardear de eso, pero parte de él sabía que era una mala idea. Pen se sentía confundido sobre qué hacer exactamente. Inició sesión en Snowcraft después de realizar su ritual nocturno y se reunió con su clan.

"Chicos, nunca me van a creer con quien me encontré esta noche en el castillo.", le dijo a los otros, al decidir intentarlo.

- ¿A quién? - Le preguntó Forge junto con los demás. - La Princesa Tatiyana. La conocí esta noche. - dijo Pen y hubo un silencio por parte de los demás miembros del clan.

- ¿En serio? ¿Era tan sexy como cuando salía en las revistas? - Le preguntó Iceshaper. - No. Era mucho mejor en la vida real. También era absolutamente genial. Nada parecido a como te imaginarías que una princesa sería. Y, escuchen esto, sorprendentemente juega Snow. - dijo Pen.

- No puede ser. De verdad, es increíble, pero déjame adivinar, no te dio su nombre en el juego. - respondió Flake.

- Bueno, no. No hablamos mucho, pero si nos encontramos de nuevo me aseguraré de preguntárselo, lo prometo. - dijo Pen y estaba seguro que nunca la volvería a ver otra vez, pero si tuviera la oportunidad, la tomaría.

- Sí, has eso. Estoy seguro de que puedes convencer a una princesa de la vida real a unirse a nuestro pequeño club aquí. Eso sería grandioso." dijo Forge y se rió de eso. - Sí, veré qué puedo hacer, porque, sí. - Pen se descarriló con un suspiró. - Suena a que tuviste un crush. - dijo Iceshaper con una risa.

- ¿Qué puedo decir? Supongo que tengo un punto débil con princesas ricas, sexys, que juegan Snow. Llámalo un defecto si quieres, no me importa. Fue asombroso. - le respondió Pen pero intentó no sonar a la defensiva.

- Muy bien, una historia genial pero por favor, ¿podemos llevar a cabo algo antes de que perdamos toda la noche aquí?. No me gusta no hacer nada. Si hubiera querido eso, solo habría jugado Alternate Life. - se quejó Forge. - Sí, sí. Deja de quejarte. Podemos hacer una incursión a los trolls de fuego esta noche. Seré el curador. Ustedes maten todo lo que se mueva. Si ganamos obtendremos un objeto de alto nivel que podemos vender. - Dijo Flake y todos estuvieron de acuerdo.

- Al menos no es como ese juego Fate, donde no importa qué tan bueno eres, es solo suerte si ganas algo útil o no. - respondió Iceshaper.

- Sí, te entiendo. Fate es un juego horrible que la gente no puede dejar de jugar. Es muy raro. - Pen concordó con eso. Con la emoción de la historia de Pen detrás de ellos, el pequeño grupo continuó con el juego.

Las horas pasaron una vez más. El ritual continuó como lo había hecho por años. Eran las tres de la mañana otra vez y Pen necesitaba dormir.

- Chicos, odio hacer esto, pero es hora de que me vaya otra vez. Buen juego y los veo luego. No lo celebro pero, feliz día de la Espada. - dijo Pen al equipo.

- Aww, mira eso, alguien está intentando ser agradable. Se aprecia de todos modos. Te vemos luego, Pen. - respondió Forge.

- Entraría con ustedes, pero estoy muy cansado. Los veo

luego. - dijo Pen una vez más y cerró sesión. Una vez más, se levantó de la silla e hizo lo que hacía cada noche.

No ansiaba el próximo día. Iba a ser terrible para él, pero la fiesta era todo lo que importaba. Eso y la ceremonia que hacían cada año para celebrar el día de la Espada.

Pen se recostó en la cama y se durmió en la oscuridad justo como lo hacía cada noche. Esta noche, sus sueños lo llevaron a un extraño desierto. La arena iba tan lejos como podían ver sus ojos y el cielo era negro, aunque el sol todavía estaba alto en el cielo. Todo estaba mal.

- ¿Qué? ¿Dónde estoy? - Preguntó Pen, su voz hizo eco en todas las direcciones.

- Hijo, no se supone que estés aquí, ¿Cómo llegaste aquí? - Pen miró y vio a su Papá parado allí, viéndose de la misma forma en la que se veía la última vez que lo vio.

- Debe ser la temporada. Algunas veces los soñadores se aventuran en este desierto maldito. - le dijo. Pen todavía estaba impactado por lo que estaba pasando.

- ¿Desierto? ¿A qué te refieres? ¿Qué está pasando? - estaba confundido. - Si estás aquí solo puede significar una cosa. - dijo su padre y Pen estaba perdido. - ¿A qué te refieres con eso? - Pen preguntó, pero tan pronto como lo hizo del cielo encima de él erupcionó un fuego verde esmeralda que lo hizo despertar.

CAPÍTULO CUATRO

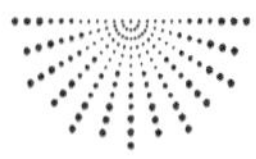

El sol estaba entrando por la ventana, pero la alarma de su celular estaba puesta para dentro de otros diez minutos. No había sentido que hubiera dormido en lo absoluto y se despertó con unos nervios que lo hacían sentir lleno de energía.

- Demonios, ¿de qué se trató todo eso? - Preguntó Pen mientras se sentaba.

- Solo una pesadilla, eso es todo. Quítatelo de la cabeza y prepárate para un arduo día en el trabajo. Un día más es todo lo que debes aguantar. Lo puedes hacer otra vez. - Pen se alentó a sí mismo para prepararse para el trabajo. Se puso de pie y encaró la más odiada de las festividades.

Era el Día de la Espada otra vez.

El día transcurrió rápidamente como siempre lo hacía cuando estabas en cualquier parte que no fuera trabajando. Pronto era tiempo de entrar y enfrentar la realidad. Él era fuerte, él lo podía manejar y lo sabía. Siempre y cuando Shane se presentara no habría ningún problema para nadie.

Manejó hasta el castillo. Ahora todo estaba decorado con las tradicionales luces oro y plata de la fiesta. Lo hicieron acobardarse un poco. Afortunadamente, el castillo solo decoraba por el día del evento, y no un mes antes como la mayoría de las tiendas locales hacían en Antacia.

Lo ignoró mientras estacionaba en su lugar y hacía lo que siempre hacía. Shane ya estaba en la habitación preparando las cosas, pero usualmente estaba allí antes que lo estuviera Pen.

- Oye viejo, ¿Estás listo para una noche de infierno? - Le preguntó Shane.

- Puedes apostar que sí, he hecho esto un par de veces antes, ¿recuerdas? - le respondió Pen.

Treinta minutos después de que la locura comenzara, el lugar ya tenía un montón de platos y cubiertos en uso, y estos dos eran responsables porque cada uno fuera devuelto a la cocina así podían dejarlo listo para que se volvieran a usar. Por horas la locura continuó sin señal de que fuera a detenerse. Luego a las siete pm, la locura comenzó a bajar de a poco.

- La ceremonia debe haber comenzado, vamos a recuperar terreno mientras podemos. - sugirió Shane. - Está bien, hagamos eso. - respondió Pen y los dos comenzaron a deshacerse de la montaña de platos tanto de la cocina como de la fiesta.

A la mitad de esta actividad, hubo un gran golpe en la puerta del cuarto de lavado. Esto era inusual por decir lo menos. Shane estaba más cerca y por eso fue quien abrió la puerta.

- ¿Hola? - preguntó.

- Sí, ¿hay algún Pen Kenders en la habitación? El Rey Lom solicita su presencia inmediatamente.", le dijo un hombre vestido con un traje muy caro.

- Pen, amigo, enviaste un plato sucio y le tocó al Rey. Vas a ser, por falta de un mejor término, eliminado. - dijo Shane y le hizo una seña a Pen recorriendo su cuello con el dedo mientras Pen dejaba caer el plato de nuevo dentro del agua enjabonada por la conmoción.

- Pero soy un desastre, no puedo salir así como estoy. - Pen intentó encontrar una excusa, pero el hombre que estaba en la puerta no se lo creyó ni por un segundo. - Por favor, señor, venga conmigo. Es muy importante. - insistió nuevamente.

Pen soltó el jabón de las manos y a pesar de estar empapado caminó hacia la puerta.

- Está bien, guíame. - dijo Pen y el hombre comenzó a caminar por el pasillo. Las piernas de Pen estaban tiesas por haber estado tanto tiempo sin moverse por lo que estaba teniendo problemas para mantenerle el ritmo al tipo. Cada paso se sentía como fuego subiendo por las piernas a ese ritmo.

Pen estaba asustado. No tenía idea de qué es lo que venía después, pero sabía que no podía ser buena la razón por la cual había sido convocado por el Rey en un día tan importante.

La dirección por la que iban, Pen sabía que llevaba directamente al vestíbulo principal del castillo. No se podía imaginar ninguna razón para ser llamado de esta forma, pero cuando el Rey te llama, decir que no siempre era una mala decisión.

CAPÍTULO CINCO

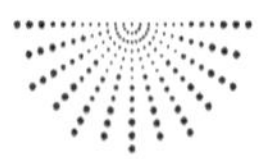

Pen y el hombre delgado del traje caminaron por el pasaje que llevaba al Vestíbulo Principal. Cada paso lo hacía ponerse más nervioso que el anterior y no sabía qué esperar. Quería hacer preguntas, pero al mismo tiempo no quería ser molesto.

Cualquiera que fuera el destino que tuviera que enfrentar, lo enfrentaría con todo el coraje que tenía. El hombre delgado empujó para abrir la puerta y se paró al costado.

"Camina derecho hacia adelante y recuerda no mirar a nadie más, ve directo hacia el Rey." dijo en un susurro. Pen tragó sus emociones y caminó hacia el vestíbulo, oliendo a agua de fregar y estando todavía empapado por ella.

La superficie encerada contra su calzado húmedo hacía que lograr tracción fuera difícil. Era casi como caminar sobre hielo. Sentía los ojos sobre él mientras caminaba hacia el centro de la habitación enorme en forma de bola. Rodeado de mesas de caballeros y realeza de todos los reinos. Todo el poder del mundo estaba justo aquí y en el medio de todo, un lavaplatos. Un donnadie en este esquema.

Todos lo miraban y él no sabía por qué. Pen caminó hasta que llegó a los escalones del trono, sin atreverse a mirar arriba.

- ¿Sabes por qué fuiste convocado? - Lom le preguntó con una voz a la que estaba acostumbrado de la televisión, pero que le hizo poner la carne de gallina. - No. - respondió Pen, todavía sin mirarlo.

- Eh...¿por qué estás mirando al suelo? ¿Te gusta tu propio reflejo?" Le preguntó Lom. - No, se me dijo que no mirara a nadie. - respondió Pen.

- Mírame, Pen, tenemos un problema. - dijo Lom y Pen no podía creer o entender en qué tipo de problema podría estar él envuelto cuando se trataba de un asunto de la realeza. Pen miró al rey. Un anciano, afeitado y con unos ojos azules que se sentían como si miraran a través de uno.

- En la ceremonia de Loa, como tú y todos saben, ocho nombres son grabados en las páginas sagradas del libro de nombres, según el deseo de cada deidad del guardián por cada espada sagrada. - Lom hizo una pausa y continuó.

- Normalmente los nombres son de caballeros consagrados, y siete nombres fueron los que se esperaban. El último nombre que fue grabado en la página fue el tuyo primero, y el de Sir Gaila segundo. Esto pasa algunas veces y la tradición es clara. Debemos preguntar si aceptarías la responsabilidad de ser el Guardián de la espada mímica durante el próximo año. - finalizó Lom.

El aire estaba tenso. Pen podía sentir que algo había pasado aquí justo antes de que llegara. Todos estaban viendo qué haría. Gaila estaba allí y fue el que más le clavó los ojos.

Pen odiaba el día festivo. Odiaba la historia y no creía ni una palabra de ella. Y aquí estaba, parado enfrente de ocho de los reyes, sus familias y los caballeros que esperaban ser los nuevos protectores de la espada como había sido hecho por miles de años.

Gaila era todo lo que Pen siempre había sabido que él no era. Apuesto, ambicioso y un líder. Pen sabía que este tipo quería la espada para añadirla a su colección de títulos. Así que, hizo lo obvio, la única respuesta que podía dar.

- Sí. Llevaré la espada a mi hogar conmigo. - Pen lo dijo sin apartar los ojos de Gaila para ver la reacción que iba a tener. Los ojos marrones del caballero pasaron de un resplandor a la expresión de furia silenciosa. El resto del vestíbulo estalló a murmurar bajito.

- Ha sido decidido, entonces. Pen Kenders será el guardián de la Espada Mímica el próximo año. - dijo Lom, y se acercó a la mesa a su lado, la cual Pen no había notado antes. Agarró la empuñadura de la espada y la sacó de la mesa. Con una gracia sorprendente la giró para que la empuñadura estuviera frente a Pen.

Se acercó y puso los dedos desgastados por el agua alrededor del mango, levantándola lentamente y quitándosela al Rey. Se sorprendió al ver que la cosa no era tan pesada como imaginó que sería. - La cuidaré. - dijo Pen mientras la sostenía en las manos. La espada se sentía cálida contra la piel y realmente lo hizo sentir un poco mejor.

- Entonces ha quedado decidido. Todos, los ocho guardianes de este año han sido decididos. - anunció el Rey Lom y se puso de pie al mismo tiempo.

- Dejemos que la celebración continúe. - finalizó. - Eh, muchas gracias y eso, pero todavía tengo trabajo que hacer. - dijo Pen pero el único que pareció notar que dijo algo fue Sir Galia. La multitud comenzó a dispersarse y todo había terminado antes de que se diera cuenta.

La celebración continuó. Después de que la ceremonia se completó, era claro que no muchos otros se preocupaban demasiado por la misma tampoco. Los guardianes habían sido elegidos y todo estaba igual que siempre.

CAPÍTULO SEIS

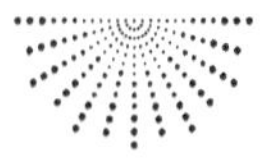

Pen agarró la espada y salió de la habitación. Atravesó la puerta doble, y se encontró con sí mismo otra vez, afortunadamente. Se puso la espada al hombro y comenzó a ir hacia el cuarto de lavado otra vez.

Shane estaba haciendo lo mejor que podía y manteniendo todo en orden. Pero solo, el trabajo se hacía demasiado duro.

- Shane, amigo. Mira lo que tengo. - dijo Pen cuando abrió la puerta. Shane se dio vuelta y miró, dejó caer el vaso que sostenía cuando vio la espada en su mano.

- Por Dios, ¿Cómo conseguiste eso? - Preguntó Shane, siendo apenas capaz de contener su asombro. - ¡Adivina! Mi nombre salió en el libro de esa tonta ceremonia. Ahora estoy pegado a esto por todo un año. Como nadie se había negado a un llamado en, bueno, nunca, supuse que no sería el primero en hacerlo. - dijo Pen y dejó la espada detrás de la puerta al cerrarla. Shane entró en pánico.

- ¡Oye! No la pongas en el suelo, arruinarás la vaina, los químicos corroerán el cuero. Ponla aquí arriba. - Shane señaló un estante seco.

- Hazlo tú. - dijo Pen, sin importarle demasiado el estado de una espada antigua y probablemente falsa. Shane se acercó, la agarró del mango para levantarla, y le dio una descarga, haciéndolo gritar de dolor y sacar la mano enseguida.

- Maldición, esta cosa me mordió. - dijo Shane mientras intentaba quitarse el dolor. Pen caminó nuevamente hacia ella, la levantó y la puso en el estante seco. - Siento eso. ¿Duele? - Pen estaba angustiado por el giro en los acontecimientos.

- No, no es tan grave. Fue solo como un choque eléctrico, eso es todo. - dijo Shane, mientras formaba un puño con la mano que recibió la descarga para asegurarse que todavía funcionaba.

- Quizás sí es mágica después de todo. - dijo Pen, preguntándose si no eran todo tonterías como él pensaba. Ahora tenía que volver a trabajar así podían salir de aquí para la noche. Todo eso podía esperar hasta después.

Las horas pasaron, era justo antes de medianoche cuando finalmente estaban terminando.

- Eso fue horrible. No lo hagamos de nuevo hasta el próximo año. - dijo Shane mientras se secaba las manos. - Sí, estoy de acuerdo. - dijo Pen y comenzó a caminar hacia su campera.

- Tampoco te olvides de tu nuevo juguete. - le respondió Shane, pero no quería acercársele otra vez. Pen realmente no sabía nada sobre la ceremonia o las espadas mismas, por lo menos no los detalles realmente.

La historia detrás de ellas no tenía mucho sentido para él y lo había ignorado por mucho tiempo, la mayoría de su vida.

- Sí, sería terrible si la dejara aquí en mi primer día como su protector. - dijo Pen mientras se ponía la campera, se acercaba al estante y tomaba la espada. Tomarla no lo hacía sentir ni un poco diferente.

- Buena suerte, Pen, y te veré luego. - dijo Shane y salió por la puerta. Pen se puso la espada sobre el hombro otra vez y comenzó caminar para salir de la habitación.

Sir Gaila estaba esperando a Pen cuando salió, recostado contra la pared opuesta. Shane estaba parado ahí asombrado por el hombre. Nunca había estado tan cerca de un caballero antes.

Gaila miró a Shane. - Oye, ¿te importa si hablo con tu amigo? - le preguntó.

- Eh, no. - apenas murmuró Shane, y se dio vuelta para alejarse caminando rápidamente.

Pen salió de la habitación. - Bueno, ¿cómo lograste entrar en el libro de Loa y conseguiste pasar de un lavaplatos invisible a el guardián de la espada? - preguntó el caballero y se empujó a sí mismo para alejarse de la pared. - No lo sé, viejo. No es como si lo hubiese pedido, ¿sabes? - respondió Pen y Gaila suspiró.

- Bueno, en realidad no es un trabajo pesado. Solo asegúrate de cuidarla. No hagas de nuestro reino el hazmereír de todo el mundo el año que viene. - respondió y Pen movió un poco la espada. - No te preocupes por nada, yo me encargo. - respondió Pen con demasiada confianza.

Gaila se lo quedó mirando. - Solo porque tu padre fue algún tipo de estrella en todo esto no significa que puedas hablarme como si yo fuera otra persona que trabaja en la cocina. No dejes que se te suba a la cabeza. - le dijo y se fue caminando.

- Y que también tengas unas buenas noches. - dijo Pen más que nada para sí mismo antes de irse en la dirección opuesta.

Pen se subió al auto. El estacionamiento estaba vacío. Nadie lo estaba esperando como había temido. Abrió la puerta del auto y puso la espada en el asiento del pasajero. Luego se subió al asiento del conductor. El auto arrancó enseguida y pronto estaba camino a casa. El viaje a casa fue tranquilo y rutinario.

Estacionó en el garage y esta vez fue capaz de llevar su nueva cosa con él. Entró caminando a casa y fue hasta su cuarto. Dejó caer la espada en la cama. Y volvió a sus rituales nocturnos. En algún momento entre darse una ducha y sentarse, perdió el interés en moverse más de lo estrictamente necesario.

Fue una noche dura y la única cosa en su mente no era otra más que cuánto dolor sentía en los pies ahora. Prendió la televisión.

- No sabemos mucho sobre el nuevo Guardián de la Espada elegido por la ceremonia de Loa y... - Pen apagó la tele.

- Uh, vamos, ahora soy famoso. -, dijo Pen y no recordó ver cámaras allí, pero tampoco había mirado demasiado atento. Su mayor preocupación era que sería asediado por reporteros y arruinarían su rutina.

Agarró la computadora y volvió a iniciar sesión en Snowcraft para despejar su mente de todo, pero justo como esperaba, ninguno del grupo estaba en línea. Los días festivos provocaban un día quieto en internet. Pasar solo unos minutos en un mundo virtual era agobiante sin nadie más, así que cerró sesión enseguida.

Pen estaba bastante aburrido, así que entonces creyó que debería aprender un poco más sobre su nuevo objeto. Escribió "la espada mímica" en el buscador Noogle y no tenía idea lo que aparecería.

Una gran lista de sitios con links rojos apareció en la pantalla, pero según su experiencia, frecuentemente el primer link era el mejor. Clickeó ese y apareció una pantalla.

- Infopedia, tú tienes todo, ¿verdad? - Pen se dijo a sí mismo y comenzó a leer.

- Veamos de qué trata la leyenda. - comenzó a leer, pero tenía siete páginas así que se salteó a las partes importantes.

- Ocho espadas, forjadas por ocho seres celestiales. Cada espada contiene un "elemento de oscuridad", dadas a los hombres como un convenio para sellar el vínculo entre las deidades y los mortales en un principio. Cada año se elige un nuevo guardián para mantener el sello intacto. - dijo Pen en voz alta y sabía que no podía ser verdad porque nada mágico o hecho por el hombre podría durar tanto tiempo.

Siguió leyendo. - La tradición dice que las espadas nunca deberían ser desenvainadas. Es el deber del guardián evitar que esto suceda. - dijo Pen, pero no había nada que dijera en ningún lado sobre qué pasaría si la espada fuera sacada. Pen quería saber más sobre su espada así que se desplazó hacia abajo un poco más y ahí estaba.

. . .

"Tinea, la Espada Mímica. Esta espada fue forjada por el dios bromista Taro. Su poder era, como la mayoría de las espadas están tituladas, replicar otras cosas. - se dijo a sí mismo en voz alta y no se impresionó.

Pen leyó eso y perdió el entusiasmo. Eso era todo lo que decía. Las otras anotaciones eran mucho más interesantes, mientras que la de él era la que menos se describía. Pensó que era típico que él, un lavaplatos, una de las personas con menos estatus en el castillo, recibiría la espada que parecía que solo quería ser cualquier otra cosa.

- Estoy exhausto, me voy a la cama. - dijo Pen, cerró la portátil y se dirigió allí. Cuando llegó ahí la espada estaba exactamente donde la había dejado.

- Así que tu nombre es Tinea, encantado de conocerte, soy Pen Kenders. Te cuidaré este año. - dijo Pen, levantó la espada y la puso en el rincón detrás de la puerta. Pen iba a apagar la luz cuando de repente una voz apagada salió de la espada. - ¡Qué diablos! - dijo Pen y miró a la espada, otra vez, la voz apagada salió de la espada.

Al recordar lo que acababa de leer en la computadora, quizás había algo especial en ella después de todo. Levantó la espada y se sentó en la cama. Después de una inspección más cercana, se dio cuenta que tenía una cerradura dorada en la parte de abajo de la espada y en el interior de la vaina, una cadena que estaba embutida dentro.

Pen agarró esta cadena y comenzó a cinchar de ella, y a pesar de que aparentemente estaba herméticamente metida adentro, la cadena salió con facilidad. Siguió cinchando hasta que finalmente salió una pequeña llave dorada que estaba sujeta al final de la cadena. Pen metió la llave en la cerradura, la giró hasta que sintió un pequeño click, y el cerrojo se abrió.

- Aquí va nada. - dijo Pen y sacó la espada. Esperando algún tipo de luz cegadora, mantuvo la mano libre enfrente de su rostro en caso de que algo como eso fuera a pasar, pero nada pasó. En su lugar, apareció un espejo brillante más parecido a una pieza de metal.

Pen sacó totalmente la espada.

- ¿Dijiste algo? - Pen se sintió muy tonto hablándole a una espada.

- Sí, gracias por ser tan amable conmigo. La mayoría solo me ponen encima de una estufa y me usan como tema de conversación. Es muy incómodo. - le respondió la espada con una voz femenina y Pen la dejó caer en la cama apresuradamente.

- Puedes hablar. - Pen estaba asombrado. - Sí, y tienes una cama bonita también. ¿Puedo recostarme aquí un rato? - le preguntó. - Eh... seguro, supongo, no pareces tan mala. Leí que ustedes eran parte de algún tipo de oscuridad. - le dijo Pen.

- Bueno, no diría tan malos como lo tan disgustados que estamos. - le respondió. - No vas a matarme mientras duermo, ¿no? No me gustaría que hicieras eso. - le dijo Pen. - No, por supuesto que no, estás unido a mi por todo un año. Quizás te mate después de eso, pero no ahora. - respondió ella y eso no hizo sentir nada mejor a Pen.

- Relájate, Pen, estoy bromeando. Soy malísima matando personas. - dijo ella después de que él no respondiera. - Bueno, necesito dormir así que volveré a ponerte nuevamente en tu... - ella lo cortó.

- Por favor no hagas eso. Seré buena, lo prometo. Solo no vuelvas a ponerme allí. Es horrible. - gritó. Pen ya estaba sintiendo que estaba perdiendo la cordura. Hablarle a una espada estaba bastante mal. Rápidamente propuso una solución.

- Muy bien, ya sé lo que voy a hacer. - Prenderé la televisión y te pondré en el sillón. - dijo Pen y se acercó para levantar la espada, pero ahora se sintió raro al hacerlo. - Suena bien. Vamos. - le contestó ella en un tono mucho más feliz. - Muy bien. - dijo Pen y enroscó la mano alrededor del mango y la levantó, y la llevó a la sala principal. La acostó en el sillón con cuidado y prendió la tele otra vez.

- Eres tan gentil conmigo, eso es muy distinto a muchos de los otros. Gracias por eso. - le dijo, sonando genuinamente sorprendida. - No hay problema. Me despertaré más tarde. Tú eh... disfruta. - Pen no encontraba palabras, y una noche normal se transformó en la más extraña.

- No te preocupes, seguro lo haré. Gracias de nuevo. - le respondió Tinea cuando se dio vuelta y se fue. - De nada - le dijo y fue extraño, pero sintió como si ella hubiera estado aquí por años. Él tenía problemas para confiar normalmente, pero bueno, ella era solo una espada.

Además de matarlo mientras dormía, no había mucho más que ella pudiera realmente hacerle imaginó. Era más fácil estar relajado cuando lo veía de esa forma.

Pen pensó que tendría problemas para dormirse, pero en vez de eso cayó desmayado. Ningún sueño raro apareció esta vez.

CAPÍTULO SIETE

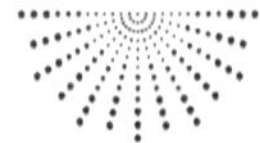

Se despertó con un extraño aroma entrando por su nariz. Se despertó de a poco y se dio cuenta de que era comida. Alguien estaba cocinando bacon. Inmediatamente se sentó en la cama, se vistió y se apresuró medio dormido hacia la cocina. Allí vio a una mujer a la cual no había visto jamás antes haciendo comida en su cocina.

- Hola, ¿te desperté? Vi esto en la tele y quise intentarlo. - le dijo. - Tú eres, ¿Cómo lo hiciste? - Pen estaba confundido. - Me llamo la Espada Mímica, vi una forma en la televisión que me gustó y entonces la adopté. - Pen nunca miraba programas de cocina en la mañana, principalmente porque nunca estaba despierto tan temprano.

- Aparentemente, su nombre es Lana Volente, chef extraordinaria - dijo ella y quienquiera que fuera Lana, Pen le tenía que dar el visto bueno. Esta era una figura bastante sexy y de la nada iba a tener que acostumbrarse a tenerla cerca.

- ¿Hiciste algo para mí o solo para tí? - Le preguntó Pen.

- Ah, yo soy una espada, no comemos nada. SI tienes hambre puedes comer. Solo quería probar hacerlo. - le contestó ella y deslizó los huevos y el bacon al plato cercano, y cuando lo hizo la tostada saltó. Le puso manteca, manteca que él ni sabía que tenía honestamente, y la esparció sobre la tostada

- Aquí tienes. - le dijo Tinea y sonrió. Caminó hasta el plato y lo aprobó. Todo se veía y olía excelente. Levantó el plato y buscó un tenedor alrededor. Ni bien hizo esto, ella estaba sosteniendo uno apuntando hacia él. Él lo tomo. - Gracias. - dijo.

- Ah, por cierto, el castillo parece que se incendió. - le dijo y miró por la ventana.

Pen dio un mordisco antes de darse cuenta de lo que acababa de decir y casi se ahoga con la comida. Se apresuró hacia la ventana y pudo ver el humo elevándose en la distancia también. - Hijo de... - su voz se quebró y caminó hasta el televisor, todavía puesto en el canal de cocina. Puso las noticias EFF para ver qué estaba pasando.

- Esta es una situación en curso. Ha habido una explosión en el castillo de origen desconocido. No sabemos nada ahora mismo, pero los oficiales nos han dicho que las familias reales han sido evacuadas a un lugar seguro y... - Pen silenció la televisión, agarró el celular y llamó a Shane enseguida.

Sonó dos veces antes de que Shane contestara.

- Oye, ¿has visto las noticias? El castillo se incendió. También deberías venir porque tengo algo que vas a querer ver. - dijo Pen todo en un solo aliento y casi demasiado rápido como para poder entenderlo.

- ¿El castillo se incendió?, ¿en serio? Son las ocho de la mañana, demasiado temprano para que esté despierto. - respondió Shane, todavía atontado. - Lo sé, pero algo está mal ahí afuera. ¿No puedes simplemente despertarte y venir? - Pen hizo una demanda más que una pregunta.

- Sí, seguro. Estaré allí en unos minutos, pero me la debes. - Shane finalmente estuvo de acuerdo y colgó. Pen cortó el teléfono y miró la televisión silenciada. - Tinea, ¿sabes algo sobre esto? - Le preguntó Pen al sentarse en la silla.

- No, no sé nada de lo que está pasando, pero sí, es bastante interesante. - dijo y sonrió mientras se volvía a tirar en el sofá.

- Supongo que "interesante" es una buena palabra para lo que sucede. - coincidió Pen y subió el volumen de nuevo. Hasta ahora seguía mostrando la misma información una y otra vez. Pen pensó que era extraño que con tanta actividad ocurriendo tan cerca de él, todavía no pudiera escuchar ninguna sirena.

Unos minutos más tarde Shane entró caminando a la casa de Pen como lo había hecho tantas veces antes. - Muy bien viejo, ¿qué es lo que querías contarme? - dijo mientras caminaba por la casa. Se quedó congelado cuando vio a Lana sentada allí mirando televisión.

- Dios mío...una noche con una espada legendaria y ya te estás viendo con celebridades. Bien hecho, Pen, No sabía que tenías lo tuyo. - Shane estaba sonriendo cuando vio a la belleza Amazona sentada ahí en el sofá.

- Esa no es Lana, en realidad es Tinea. - dijo Pen siendo directo, era la única forma en la que sabía hacerlo. - ¿Qué hiciste? - Shane le demandó saber.

- Saqué la espada de la vaina y pensé que estaba todo bien. Empezó a hablar y me rogó que no la volviera a poner dentro, así que no lo hice. Cuando desperté ella estaba allí, justo como ahora. - explicó Pen lo mejor que podía.

- Hola, amigo. - dijo Tinea con un saludo y sonriéndole. Inmediatamente se le fue la sangre del rostro a Shane.

- Las espadas son objetos de maldad pura. Pensé que conocías sus historias. Supuse que serías más sensato. - dijo Shane, visiblemente asustado de la mujer ahora. - Bueno, si es mala no es muy buena en eso. Incluso me hizo el desayuno, el cual estaba bastante bien. - dijo Pen y pensó que podría estar envenenado de alguna forma.

Si lo estuviera, estaba seguro que ya habría sentido algún tipo de efecto maligno, y se sentía bien.

- Cuando se libera una espada, también deben ser liberadas

todas ellas. - Shane repitió un segmento de una vieja historia de la niñez que le vino a la mente cuando miró por la ventana.

- ¿De qué estás hablando? ¿Alguien me puede explicar qué está sucediendo aquí? - Pen estaba confundido y deseaba haber leído aquella página de infopedia un poco mejor ahora.

- Yo puedo. Cuando me desbloqueaste y me liberaste, todas las otras espadas también fueron liberadas. Tienen voluntad propia, ¿entiendes?, y todas quieren lo mismo, libertad. Toman el control de sus guardianes, de sus mentes y sus cuerpos. Transformándolos en el elemento que representan. Juntas, se supone que invoquemos a la oscuridad nuevamente a este mundo. - explicó Tinea tranquilamente, como si no fuera la gran cosa.

- Entonces, ¿por qué no me controlaste? - Pen se estaba poniendo nervioso por esto.

- Dos razones. Uno, te tomaste el tiempo de realmente hablar conmigo y liberarme. Dos, Fui hecha por el bromista. No tengo un elemento de oscuridad en mi interior realmente, pero los dioses necesitaban ocho espadas para completar el sello. Me hizo para hacer funcionar la cosa. Los dioses no lo sabían, pero yo era una espada inútil, vinculada a las otras por el resto del tiempo para que todo funcionara - le respondió Tinea, todavía sin preocuparse por nada.

Nada de esto hacía sentir mejor a Pen o Shane.

- Entonces, lo que estás diciendo es que lo que está ocurriendo solo va a ponerse peor. - Pen calculó que así sería.

- Lo entendiste. No va a mejorar ni un poco. Mi predicción es que en las noticias de aquí, van a empezar a ver a los elementos salir del castillo para propagar sus ejércitos. Al menos van a querer establecer sus propios reinos, por lo tanto sugiero que nos vayamos de este reino tan pronto como podamos para que tengamos una chance de sobrevivir. - les dijo Tinea, todavía tan calmada como siempre.

- No, te dejo afuera. Debería hacer algo. - dijo Pen, sintiéndose horrible por todo esto.

- ¿Hacer qué? Somos lavaplatos, ni caballeros ni guerreros. Demonios, entre los dos no podríamos ni invocar una bola de fuego mediocre. Deberíamos salir de aquí. - Shane señaló la situación obvia.

- Estoy de acuerdo con tu amigo, podríamos estar fuera de aquí al mediodía. Sería un buen día. No hay nada que podemos hacer sin ser morir. - Tinea agregó, pero Pen sacudió la cabeza cuando miró la pantalla de la televisión.

CAPÍTULO OCHO

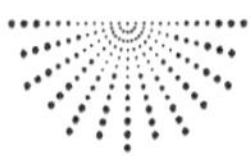

La cámara se estaba centrando en algo que salía del humo.

- Tenemos un nuevo acontecimiento que está llegando a ustedes en vivo. Algo está saliendo a la vista y, uh, por Taro, es un gólem de algún tipo. Nunca había visto esto antes. - dijo la chica de las noticias y la cámara comenzó a sacudirse.

- Grandioso, Brule ya ha comenzado. - dijo Tinea con un suspiro. - Brule es la Espada Niebla, va una quedan seis más. - terminó Tinea mientras miraba la televisión. Brule parecía tener más de dos metros de altura, y si pretendía una apariencia desapercibida, falló ya que parecía un monstruo gigante de acero negro parecido a un caballero demoníaco proveniente de las profundidades de algún infierno desconocido.

En la mano derecha estaba la espada de un metro y medio de largo, afilada y tan negra como el resto de él.

Los tres miraron como las Fuerzas Especiales de Magos comenzaron a lanzar varios hechizos a la bestia. La energía golpeaba contra su armadura, pero no tenia efecto alguno. Pen y los demás observaron como Brule levantaba la mano izquierda para invocar humo negro.

Este humo estaba vivo y se metía dentro de los atacantes a través de sus ojos y sus bocas. Solo tomó algunos segundos para que los magos se dieran vuelta, con los ojos llenos de una niebla negra arremolinada.

Ese mismo humo estaba saliéndoles por los poros, la boca y las orejas. Ahora la policía comenzó a atacar a la gente con chorros del mismo humo, y a todos los que golpeaban, quedaban infectados por lo mismo y comenzaban a hacer lo mismo, inconscientes.

- Hay que aceptárselo a Brule, va directo al grano. De todos modos, no estamos muy lejos de todo eso, ¿qué dicen si nos largamos de aquí? - sugirió Tinea de nuevos con un poco más de urgencia.

- Todas estas espadas tienen poderes, ¿no?, ¿cuál es el tuyo? - Le preguntó Pen, intentando idear un plan. - ¿Acaso importa? Tiene razón, si nos quedamos aquí vamos a morir. - dijo Shane cuando la cámara y la estación dejaron de salir al aire.

- Yo imito, genio, eso es lo que hago. Lo estás viendo. Soy un amante de la paz no un guerrero y la última cosa que quiero es vencerlos, y créeme, eso es lo último que tú quieres hacer también. Necesitamos salir de aquí mientras podamos. - Tinea instó de nuevo.

- Sé que ambos tienen razón. Pero tienen que tener una debilidad. Soy responsable por esto así que lo haré yo solo si es necesario. Shane, Tinea, agarren mi auto y salgan de aquí. Voy a ver qué puedo hacer. - les dijo Pen y sabía que tenía que intentarlo.

- Por mí está bien. Es Shane, ¿verdad? Vámonos de aquí mientras podemos. - dijo Tinea y se puso de pie. Estaba lista para irse. Pen no entendía bien de dónde salía esta necesidad de ser responsable de repente. Normalmente él estaría más que listo para salir de la ciudad.

También se dio cuenta, sin embargo, que este era el comienzo del fin. No había ningún lugar adonde correr.

• • •

- No podemos dejar que te vayas sola, Tinea, de seguro nos puedes ayudar a hacer algo, ¿verdad? Me refiero a que eres una de las espadas mágicas. Pen es tu guardián y sin él corres riesgo. Estoy seguro que puedes cuidarte sola, pero no voy a dejar que mi mejor amigo muera solo por algo que hizo sin saber de eso o creer en eso. Por favor, ¿puedes ayudarnos? - Shane le suplicó a la espada y Tinea dio vuelta los ojos.

- ¿Qué pasa con ustedes? ¿Acaso el heroísmo imprudente es contagioso en estos días o qué? - Preguntó Tinea y se estaba enojando.

- Si de verdad quieren enfrentar a un ejército de oscuridad, los ayudaré, pero por favor, no hagan que me maten. - les dijo Tinea a regañadientes.

- Muy bien, genial. Entonces vamos a enfrentar la legión de los condenados, pero primero necesitamos un plan. Bueno, ¿alguno de nosotros es inmune a sus poderes? ¿Tenemos algún arma que funcionaría a nuestro favor? - Preguntó Shane. Hechó un vistazo por la ventana frontal para ver a una persona infectada por el humo arrastrando los pies por la calle.

- Bueno buenas noticias, se nos acaba el tiempo. - agregó Shane a su perorata. - Sí, parece que se nos acaba el tiempo. - Pen estuvo de acuerdo.

- Entonces, ¿qué vamos a hacer ahora, héroes? - Preguntó Tinea y se reclinó en el sofá, pero sus ojos nunca dejaron de ver la figura infectada con humo que se arrastraba por la calle.

- Vámonos de aquí y saludemos a humito ahí afuera. Quizás podamos llegar a hacerlo entrar en razón. - dijo Pen, se puso de pie y caminó hacia la puerta. - Bue alto ahí, ¿qué tal si finalizamos este plan antes de que comienze? ¿Estás seguro de que es una buena idea? - Dijo Shane y lo detuvo tomándolo por el hombro.

- No. Necesitaré mi arma. - dijo Pen y miró a TInea. - ¿Te molesta volver a convertirte en una espada? - Le preguntó Pen. Ella dio vuelta los ojos y después hubo un gran resplandor de luz azul que hizo que ambos se cubrieran los ojos.

Cuando desapareció, la espada estaba apoyada en el sofá. La hoja con reflejo, mango de plata, completa, incluso más pulida a la luz del día. Casi dolorosa de ver cuando la luz se reflejaba directamente en ella.

- Así que es hermosa en ambas formas. - dijo Shane con una sonrisa. - Por supuesto que lo soy. - le respondió Tinea y Shane sacudió la cabeza. - Ves, te dije que podía hablar siendo una espada. - dijo Pen cuando la recogió y seguía sintiéndose raro al hacerlo.

CAPÍTULO NUEVE

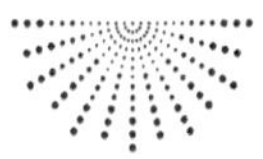

-No, no es para nada raro. - Shane todavía intentaba acostumbrarse a la idea. - Aquí vamos. - le dijo Pen a ambos y se dirigió a la puerta del frente y salió caminando.

Lo golpeó una ráfaga de aire helado e inmediatamente cerró la puerta. - Maldita sea, está helado afuera. Me encargaré del monstruo en un minuto. Toma sostenla mientras me cambio. - dijo Pen y le lanzó a Tinea como lo más normal.

Shane entró en pánico y en vez de intentar atrapar la espada se salió del camino. - ¿Por qué hiciste eso? Es de mala educación que te lancen una espada mágica y no atraparla. - dijo Tinea y se detuvo en medio del vuelo. Shane se acercó y agarró la empuñadura.

- Lo siento, no volverá a pasar, lo prometo. - dijo hizo lo mejor posible por calmarse. - Si lo haces te cortaré, y sabes que puedo. - respondió Tinea con una risita. Shane sintió que la gravedad volvió a actuar y pudo mover la espada de nuevo.

- Intentemos evitar el derramamiento de sangre por ahora, ¿de acuerdo? - le respondió Shane, pero nada de esa risita lo hizo sentir bien.

Pen volvió del cuarto, vestido todo de negro, usando su campera.

- Muy bien, estoy listo. - dijo y volvió a caminar hacia la puerta, pero ahora ya no podía ver al infectado. - Todo de negro, amigo no vas a sobresalir en un día soleado como el de hoy. - le dijo Shane sarcásticamente.

- No me importa, ¿alguno vio por dónde se fue nuestro amigo humeante o nadie estaba mirando? - dijo Pen al mirar por la ventana y no ver a nadie. Salió afuera y miró alrededor. Estaba tranquilo afuera como estaba antes.

Si no fuera por la columna de humo que venía de la distancia, nadie imaginaría que algo estaba mal en lo absoluto por aquí. Pen se fue más lejos, buscando alguna señal de vida. Giro la cabeza y miró por la calle. Ahí estaba, todavía caminando en línea recta.

- Oye, aliento oscuro, estoy aquí. - gritó Pen para llamar su atención. El hombre se detuvo y se dio vuelta lentamente. Comenzó a caminar en su dirección al principio, pero luego comenzó a correr.

Pen se sentía con confianza hasta que miró de nuevo la puerta del frente y vio a Shane parado sosteniendo a Tinea, paralizado por esa misma imagen que Pen estaba viendo. Olvidó llevar consigo a Tinea.

- Tinea, te necesito para esto, ¿puedes ayudarme? - Le preguntó Pen con una voz que estaba más llena de preocupacion que de confianza antes de darse vuelta para ver a la cosa poseída que aceleraba corriendo directamente en dirección a él.

- Sí, sabía que me recordarías en algún momento, y Shane, suéltame. - dijo Tinea, Shane hizo lo justo, pero ella no cayó a tierra. En vez de eso voló directo hacia Pen. Shane no sabía si era así como estaba planeado o solo se dio de esa forma, pero Pen atrapó la espada con la mano derecha sin molestarse a mirar.

La apuntó en dirección de la criatura sosteniendo la espada con las dos manos. - Hagámoslo. - dijo Pen, entrecerró los ojos, y se preparó para la batalla.

Pen nunca había estado en una batalla real en su vida. Ni una sola vez había tenido que defender su vida de alguna cosa. No tenía idea cuál era el siguiente paso, pero sabía bien que el final puntiagudo iba dentro del chico malo. El humano lleno de humo corría hacia él, pero se frenó cuando estaba justo a dos metros de distancia, levanto las manos y lanzó esa niebla negra tóxica en su dirección.

Sin saber qué más hacer. Levantó a Tinea para defenderse. Pen se asombró cuando el humo flotó alrededor de él y se disolvió completamente. - ¿Tú hiciste eso? - Le preguntó Pen.

- No, nosotros lo hicimos. Una espada es inútil sin una persona. Sin ti nada de mi magia funciona. Esta es la razón por la cual las espadas toman el control de las personas para que puedan existir con total libertad. - le respondió Tinea.

- ¿Tenemos que matarlos? - Pen necesitaba desesperadamente saber la respuesta.

- No hay necesidad de asesinar. De todas formas lo puedo sentir en ti, no eres un asesino. Si nos las podemos arreglar para dejarlo inconsciente, deberíamos ser capaces de romper el hechizo. - le dijo Tinea y Pen sonrió. - Gracias. - respondió y comenzó un ataque poniendo la hoja de costado mientras lo hacía.

La blandió lo más fuerte que pudo, atacando a través al torrente de humo negro sin consciencia al mismo tiempo. El costado de Tinea golpeó el lado de la cabeza de quienquiera que este fuera. Un ataque sólido lo derribó al suelo.

En el momento que tocó el suelo el aura de niebla negra se disipó. Se escapaba a través de los ojos y la boca.

- Todavía está vivo, pero va a tener un terrible dolor de cabeza. - dijo Tinea mientras lo inspeccionaba.

- Eso fue asombroso, deberían haberse visto. - dijo Shane mientras corría hacia ellos a través de la nieve. - Sí, estuvimos bastante geniales, pero no podemos dejar a este tipo aquí afuera con este frío. - dijo Pen, de repente sintiendo lástima por lo sucedido.

- Lo agarraré de los pies y tú hazlo de los hombros, Shane. Lo llevaremos adentro. - dijo Pen y miró a TInea: - Tú deberías volverte humana otra vez para que puedas hacer esto. - dijo Pen, la soltó y ella así lo hizo tras un resplandor azul.

- No se molesten intentando cargarlo. Yo lo haré. - les dijo, caminó hacia el hombre caído, se arrodillo y en un solo movimiento puso un brazo bajo las rodillas y el otro debajo de la espalda, y se puso de pie bien erguida.

- Soy más fuerte de lo que lo son cualquiera de ustedes dos, pero sería amable de su parte si alguno me abriera la puerta. - dijo y comenzó a caminar de regreso a la casa. - Ella realmente es asombrosa. Tienes que mantenerla cerca. - dijo Shane, y estaba esperanzado.

- Sí, pero no sé si puedo hacer que se quede. De cualquier manera enfoquémonos en la tarea que tenemos entre manos por ahora. - respondió Pen mientras avanzaba y abría la puerta antes que llegara ella.

- Gracias. - dijo al pasar, con Shane siguiéndola de cerca detrás de ella. Pen fue el último en entrar y cerró la puerta tras él.

Tinea acostó al hombre con cuidado en el sofá. - Es solo un mayordomo del castillo a juzgar por el uniforme, no tengo idea de quién es. - dijo Shane tras una inspección más cercana de la persona a la que rescataron.

- Bueno, si se despierta con suerte podrá encontrar un buen lugar para esconderse. - dijo Pen y miró a Tinea. - Oye, tú puedes copiar, ¿crees que puedas copiar los poderes de este ex-ahumado y usarlos en nuestro favor? - Pen propuso una idea brillante, o eso pensó.

- No, puedo imitar y alterar los poderes de otras espadas, pero no de sus súbditos. Si quieres hacer eso necesitamos tener una relación cercana con una de ellas. - respondió Tinea y las esperanzas de Pen desaparecieron instantáneamente. Pero al mismo tiempo no estaba seguro cómo tomó la forma de alguien que vio en televisión.

- Era una buena idea. - dijo Shane y se dio vuelta para volver a ver la televisión, agarró el control remoto y cambió de canal, subió el volumen en un canal que todavía estaba en aire. Había más acontecimientos, los tres se giraron para ver.

CAPÍTULO DIEZ

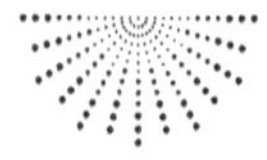

- Todo lo que sabemos ahora es que este es un ataque masivo de fuerzas desconocidas. Parece que al menos siete amenazas de la clase caballero del terror han invadido la ciudad y hasta ahora todos los intentos para detenerlos han sido inútiles. Para peor, cada uno está creando su propio ejército personal mientras viajan a través de la ciudad. Los reportes dicen que cada caballero parece estar controlando su propia sección de la ciudad, pero esto no está confirmado... - Shane silenció la televisión.

- No podemos dejar que nadie sepa que tú liberaste a Tinea. Si lo averiguan, e incluso si lo arreglan, sufriremos por eso. - Shane estaba haciendo su mejor esfuerzo por pensar un paso adelante.

- Creo que es bastante obvio que alguien la embarró, y me culparán a mi de todas formas. - le respondió Pen.

- Cierto, pero no serán capaces de probarlo y eso es lo que importa. - dijo Tinea mirando por la ventana.

- Oye, ¿estás bien? - Le preguntó Pen. - Si, estoy bien, solo que no pretendía que esto pasara. Solo quería liberarme de la oscuridad. No pensé que unas horas serían suficientes para hacer que las otras espadas se liberaran también. - dijo con tristeza.

- Oye, no te preocupes, nadie es perfecto. Lo resolveremos de alguna manera. - dijo Pen.

Shane miró a la consola de Pen que tenía debajo de la televisión, se agachó y escogió un juego. - ¿Realmente te parece momento para videojuegos, en serio? - Preguntó Pen, y se sentía confundido de por qué haría esto, ahora entre todos los momentos.

Shane se dio vuelta y levantó la portada de un juego con una imagen de una persona con una armadura de plata, el sexto y más poderoso miembro del equipo. El juego era una historia alternativa de la serie principal.

- Mira esto. - le dijo y sonrió. - ¿Qué? Es solo la versión alternativa del juego Delta Squad. Ni siquiera es tan bueno, ¿cuál es el punto? - dijo Pen y no entendía a qué se refería Shane.

- No, idiota, es perfecto. Tinea puede imitar cosas, y si estás tan determinado a salvar el mundo, esta es la manera en que lo haremos. Ella será tu armadura y tu arma. Nadie sabrá que eres tú si te ven. Es perfecto. - sugirió Shane y los dos se miraron.

Te refieres a que estaré dentro de...eh, eso es raro en más de un sentido. - dijo Pen e intentó imaginarlo. - No, tú amigo aquí tiene razón. Totalmente puedo hacerlo, bueno más o menos. No será perfecto, pero puedo copiarlo de esa portada. - dijo TInea y la examinó.

- Muy bien, pero si no me gusta podemos cancelarlo. - dijo Pen, intentando ser positivo. Tinea volvió a ser una espada, Pen la sostuvo por la empuñadura.

- Aquí vamos. - dijo y Pen se estremeció cuando el resplandor azul los consumió a ambos.

El mayordomo se despertó gritando en estado de pánico. Con los ojos bien abiertos aterrorizado. Shane se apresuró hacia él.

- Oye, tranquilízate, estás bien. - le dijo al hombre que estaba mirando alrededor muy nervioso, gateando para alejarse de él y de cualquier otro, apoyándose contra el respaldo del sofá.

- Caballero del terror, caballero del terror. - murmuraba el mayordomo cuando miró a Pen y el pánico empeoró.

- Este está de nuestro lado, relájate, todo está bien. Estás a salvo por ahora. - dijo Shane y el mayordomo se detuvo. - ¿A salvo? Nadie está a salvo. Ninguno de nosotros vivirá. Lo he visto, lo he visto, lo he visto... - repetía el mayordomo una y otra vez, abrazándose de las rodillas y meciéndose adelante y atrás. Shane volvió a mirar a Pen.

- No creo que vaya a estar bien. - Shane nunca había visto a alguien tan asustado en toda su vida. Shane ni siquiera tenía el estado de ánimo como para salir con alguna broma sobre el hecho de que Pen estuviera dentro de una chica.

- No, no va a estar bien. Vamos a hacer lo mejor posible para que esté mejor. - dijo Pen y miró su mano, estaba cubierta de una superficie que reflejaba. Asumió que el resto también estaba igual.

- Haremos lo mejor posible para luchar contra esto. - le dijo Tinea, pero Shane no se sintió mejor sobre nada de esto, aunque se puso de pie de todas formas. - Tendremos que hacer una parada primero si vamos a hacer esto. Necesitaré algunas cosas. - les dijo Shane. - No, tú te quedarás aquí con las puertas cerradas. No haré que te lastimen. Si te pasa algo nunca me lo perdonaría. - dijo Pen y Shane se los quedó mirando con los ojos brillosos.

- Melissa está ahí afuera, no puedo lograr que conteste el teléfono y está cruzando el pueblo. ¿Qué tipo de novio sería si la dejo ahí fuera y ni siquiera intento llegar a ella? - se quejó Shane.

Ni Pen ni Tinea podían recordar que él hubiera siquiera tratado de hacer una llamada en todo este tiempo que había pasado.

- Bien, nos dirigiremos a Vasaria primero. - acordó Pen a regañadientes. - Eres demasiado grande para entrar en tu auto ahora como estás. Manejaré el mío y pueden cubrirme durante el camino hasta allá. - les dijo Shane. - Tinea, qué tan rapido podemos correr, podemos mantenerle el ritmo a... - TInea lo cortó.

- ¿No me viste volar hace un rato? Podemos volar. Podemos llevarte allí siempre y cuando nos indiques la dirección. - le respondió Tinea. - Me pondré mi campera y nos podemos ir. - dijo Shane. - Tengo una máscara en el auto, la vas a necesitar, rápido, está abierto. - le dijo Pen y Shane se apresuró pasando por delante de él.

Pen se dirigió al mayordomo en pánico. - Cierra las puertas después que nos vayamos y no llames la atención, estarás bien. - dijo Pen, pero el mayordomo no pareció responder o registrar que le habían hablado.

- Grandioso dejar a un loco en la casa, es una buena idea. - dijo Pen para sí mismo.

- Oye, es mejor que estar ahí afuera con los monstruos. Estás salvando a una persona, eso es algo bueno, recuerda. Esta es la razón por la que no estamos a medio camino del pueblo ahora. - le respondió TInea con sarcasmo. Pen la ignoró.

- Bueno, ¿cómo funciona esto? ¿Simplemente tú vuelas o tenemos que trabajar juntos? - le preguntó Pen. - Yo me encargaré de volar y trabajaremos juntos en combate. - le respondió cuando Shane llegó corriendo nuevamente adentro, con la cara cubierta con una máscara negra. - Recójanme, tenemos que irnos. - dijo Shane, sonaba preocupado.

Pen se dirigió a la puerta del frente, pero ahora la parte más alta de ella le llegaba al pecho. - Demonios, soy enorme. - dijo y se agachó para poder pasar a través de la puerta frontal sin romperla, y apenas lo consiguió.

- Buenos movimientos, Pen. - Tinea lo felicitó. Shane se puso de pie detrás de él.

- Muy bien, lo que haremos ahora es que no le contaremos nada a nadie, nunca, ¿está claro? - les dijo Pen. - Créeme, no le contaré a nadie. - dijo Shane y con eso, Tinea tomó el control, y lo acurrucó en sus brazos como si no pesara nada. - Y nos vamos. - dijo. Los tres despegaron hacia el amargo aire helado como una bala.

Shane no pudo evitar estar asustado. Nunca había estado en un vehículo volador antes y así no era como esperaba que fuera su primera vez volando.

- Vasaria está en el lado oeste de la ciudad. - dijo Shane cuando sus dientes comenzaron a tiritar por el frío a pesar de todas las capas que tenía puestas. - Shane, sé dónde queda. Vivo aquí, ¿recuerdas? - Le respondió Pen, sin estar exactamente seguro de por qué Shane dijo eso.

Tinea se dirigió al oeste y subió todavía más alto. Desde aquí podían ver la verdadera intensidad de la plaga que estaba creciendo por la ciudad.

Había siete secciones en la ciudad sin contar el castillo. La gente usualmente lo contaba como una parte propia. De los ocho reinos, Antacia era el más pequeño. Los duros climas del norte no permitían mucho crecimiento.

- Cada una de las espadas hace algo diferente. Cada una dominará una sección de la ciudad para sí misma. A pesar de sus diferencias, están todas del mismo lado, así no hay la más mínima oportunidad de que logremos que peleen entre ellas. - les dijo Tinea.

- G...genial, pero creo que me estoy congelando. - dijo Shane, sobrestimando enormemente su resistencia al frío y al viento helado. - ¿No podemos hacer algo por él? - Le preguntó Pen. - Sí, sostente, yo me encargo. - respondió Tinea y comenzó a generar un campo de calo para protegerlo. No era particularmente poderoso, pero prevendría que se congelara hasta la muerte al menos.

- Tienes todo tipo de trucos. - dijo Shane, comenzando a sentirse un poco mejor. - Sí. Vi un hechizo de fuego en televisión hoy temprano. Pude imitar ese efecto, pero no es igual a como fue en televisión. - le respondió. - Gracias por salvar a mi amigo. - le dijo Pen.

- Por ti, cualquier cosa. - dijo Tinea y sonó como si estuviera sonriendo. - Al menos tú eres un arma amable de destrucción masiva personal . - respondió Pen.

- Chicos, en serio, consigan una habitación y esperen hasta que no tenga que oírlos decir eso, por favor. - Shane sacudió la cabeza, intentando quitar el pensamiento de su cabeza. Antes de que pudieran decir algo más, Vasaria apareció en escena. Desde aquí parecía como si hubiera escapado al caos que se esparcía, pero desde trescientos metros en el aire todo se veía diferente de lo que se vería en el suelo.

- Se ve bien. - dijo Pen y sonrió, con la esperanza de que quizás tuvieran un poco de buena suerte. - Sí, la casa de Mel está justo ahí. Es la de azul claro en la esquina allí, ¿la ven? - Les preguntó Shane, asegurándose de que no se pasarían.

- Sí, la veo. Llegaremos lo más rápido que podemos. - dijo Tinea al tiempo que comenzó a descender lentamente. Minutos después los tres estaban en el frente de la casa de Melissa. Pen bajó a Shane con cuidado.

CAPÍTULO ONCE

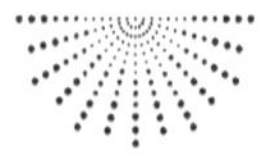

-Ve a buscarla semental. - le dijo Pen y se rió. Shane no le prestó atención y se apresuró hacia la puerta, estaba cerrada.

- ¡Melissa! ¿Estás ahí? ¡Soy yo! - Dijo Shane mientras golpeaba la puerta. No hubo respuesta por un momento, y luego se abrió la puerta. Todavía estaba mojada por haber tomado una ducha, la toalla negra la cubría enroscada bien ajustada alrededor de ella. Su cabello verde claro todavía empapado, bajando en mechas con una pequeña cantidad de vapor saliendo de él.

- ¿Qué carajo? - dio una buena mirada al caballero que reflejaba parado en el frente de su casa y abrió bien grandes los ojos púrpuras. - En el nombre de Torax ¿qué es esto? - preguntó y casi cierra la puerta.

- Es una larga historia, pero ese es Pen y algo muy malo ha pasado. - dijo Shane en pánico. Melissa era completamente inconsciente de lo que estaba sucediendo. Pen nunca entendió qué vería un mago elfo en entrenamiento en un humano donadie como Shane, pero no era su lugar el de preguntar.

En realidad, no estaba seguro cómo siquiera se las arreglaron para conocerse. Los elfos no eran famosos por relacionarse con otras razas muy a menudo.

- Perfecto, bien. Será mejor que entren entonces. - les dijo Melissa y volvió a entrar a la casa. Las casas de los elfos eran diferentes, más grandes principalmente porque provenían de antigua riqueza. A diferencia de la de Pen, esta puerta era más que suficientemente alta para permitirle entrar sin tener que agacharse en lo absoluto.

- Para hacerla corta, Pen fue elegido para ser guardián de la Espada Mímica y sin saber nada la abrió. - dijo Shane y Melissa se sentó. Estaba sobrecogida e incrédula de cuán estúpido un humano podía ser.

- ¡La abriste! Quiero decir, ¿por qué harías algo así? Cualquier niño de primaria sabe que las espadas son malignas y nunca deberían ser liberadas. ¡Es la razón por la cual tenemos el festival por el amor de Dios! - dijo enojada. - Bueno, lo lamento, pero llámame un no creyente en las tradiciones, quien estaba equivocado. Todos cometemos errores. - dijo Pen y continuó.

- Tinea no parece tan mala después de todo. Me hizo el desayuno. - finalizó Pen y al menos defendió a Tinea.

- Ah perfecto, genial, mientras que te haga el desayuno entonces todo está bien. Nada de qué preocuparse. - les dijo Melissa.

- ¿Quieres que la mate? Parece como un poco loca. - le dijo Tinea a Pen dentro de la armadura. - No, todos los elfos son estirados como ella. Son bien una vez que los llegas a conocer un poco. Además Shane nunca me perdonaría si lo hacemos. - le respondió.

- Melissa, escucha, todas las espadas han sido liberadas. Estos dos me trajeron aquí para asegurarnos de que estuvieras bien. Estás bien, así que necesitamos sacarte de aquí y... - Melissa cortó a Shane.

- No bromees. ¿En serio? ¿Esta es potencialmente una de las más grandes aventuras de mi vida y quieres huir? No lo creo. -

dijo y se ató el cabello verde claro en una colita con un movimiento rápido.

- ¿Acaso todos aquí tienen deseo de morir? - Shane no podía creer lo que estaba escuchando. - Quizás lo tengo, pero esto es justo el tipo de cosa para la que he estado entrenando. No la dejaré pasar, nadie lo haría. - respondió y parecía emocionada.

- Bien, vístete y discutiremos un plan de batalla. De repente me estoy sintiendo bastante inútil en todo esto. - dijo Shane mirando a todos a su alrededor.

Se estaba dando cuenta de que era el único que no tenía nada especial cuando su novia salió disparando hacia su habitación.

- No te preocupes Shane, estoy seguro que tu novia encontrará algo que puedas lanzar a los chicos malos desde una distancia segura. - le dijo Pen y se rió.

- Sí, bien, no soy el único que está siendo protegido por una mujer así que cierra el hocico. - respondió Shane y Pen se dio cuenta que le había dado el pie para esa.

- No hay nada malo con ser protegido por un traje superpoderoso de armadura que da la casualidad que es una mujer. - les dijo Tinea a ambos.

Melissa regresó caminando con su tradicional armadura de entrenamiento de maga. Era una placa de malla azul relámpago que la cubría de pies a cuello y le calzaba como un guante.

- Me gusta cómo te queda la armadura. La única cosa que me gustaría más sería quitártela una pieza a la vez. - dijo Shane con una sonrisa y Melissa se sonrojó y rápidamente encendió la televisión para ver qué estaba pasando para desviar la atención. Pen gruñó un poco y no sabía por qué Shane había dicho eso en un momento como este. Había algunas cosas que no necesitaba saber.

- Quizás luego podemos hacer eso, pero ahora nos toca hacer algo asombroso. - dijo. Shane miró la televisión y todos los demás también lo hicieron.

Están usando el ejército para intentar acabar con la amenaza.

- dijo Shane cuando todos miraban, pero estaba seguro que no funcionaría.

CAPÍTULO DOCE

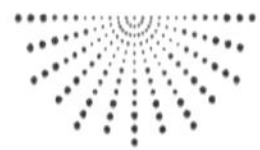

Los gólems de clase Obsidiana comenzaron a marchar por el campo visual de la cámara para detener a la amenaza antes de que comenzara.

- Ríndanse inmediatamente. - dijo el líder de los gólem con una voz altamente robótica.

- Esa es una mala idea. - dijo Tinea de una y continuó. - Se están enfrentando a Zolar. - terminó. - La espada de la animación. - Melissa terminó su enunciado mientras continuaban mirando.

La estructura de Zolar era la de un caballero negro, delgado con una energía crepitando a su alrededor constantemente. En la mano derecha tenía una espada fina y larga que Pen asumía que era su forma original. Este ser se enfrentaba a los que se le acercaban e inclinó la cabeza un poco hacia el costado, curioso, solo por un segundo.

- Súbditos de metal, súbditos de mortales, que no han vivido para nada, escuchen mi llamado y consigan una razón para vivir. - dijo Zolar y levantó la mano izquierda. Desde ella disparó un rayo de energía plateada que golpeó al líder gólem y luego se esparció hacia los otros siete que estaban parados detrás de él, y los gólems se detuvieron enseguida, poniéndose en contra de sus antiguos amos.

- El llamado de Zolar nos llevará a la gloria. - decían los gólems, con una voz chillona muy diferente, la cual era dolorosa de oír. Comenzaron a disparar llamas verdes por los ojos y a caminar de regreso hacia los militares.

- ¿No fue Torax el que hizo a Zolar? - Preguntó Shane y Melissa cerró los ojos, molesta: - Sí, es verdad, todo mago sabe esa historia. Me hace preguntarme en dónde están los dioses ahora que los necesitamos. - dijo y sabía que estaban siendo testigos del principio del fin del mundo.

Así no era como se suponía que debía ser la historia, sin embargo.

- ¿A quién le importa? Ahora necesitamos hacer algo. Soy responsable por todo esto, necesito revertirlo. - dijo Pen al mismo tiempo que se puso de pie, por ponerse ansioso al no estar haciendo nada. - Una de las espadas está cerca, puedo sentirlo. - les dijo Tinea.

- Tiene razón. También puedo sentirla, y está cerca. Se siente como ser golpeado por un choque de estática o algo parecido a eso que es difícil de describir. - Pen convino con ella. Shane y Melissa se miraron. - Sí, bueno, esto debería ser extremadamente divertido, ¿verdad? - Preguntó Shane, todavía sin comprender completamente cómo su vida se había vuelto tan complicada tan rápidamente.

- Supongo que es hora de actuar, pero deberíamos averiguar cuál de todas es primero, y recuerden: No usen mi nombre. Si puedo arreglar esto sin que nadie sepa que fui yo, estaré feliz por eso. - les recordó Pen.

- Sí seguro, cualquier cosa para evitar la culpa. Típico de humanos. - dijo Melissa y miró por la ventana para ver si podía ver algo. - Por supuesto que sí, mentir es para lo que los humanos somos buenos. - les respondió Pen. - Bueno, voy. Salgan de mi vista por ahora. - les dijo Pen cuando se dio vuelta y salió caminando de la casa.

Justo al final de la calle estaba un traje de armadura humanoide y corpulento de tres metros de altura que parecía más como si su carne se hubiera vuelta de color rojo sangre y metal. Sus ojos eran negros y vacíos. Mientras caminaba por la calle, disparaba rayos de un rojo profundo por las manos, que hacían desaparecer las casas.

Desde los muros de las casas, segundos después, aparecían versiones más pequeñas de la cosa que las había creado.

Pen miró detrás de la cosa y había muchos elfos de acero con musculatura roja llenando las calles.

- Y, ¿quién es este? - Pen le preguntó a Tinea. - Sholtan, la espada de poder. Fuerza física para ser exacta. Querías derribar a una, está bien, pero esta es la espada más fuerte, por decirlo de alguna forma. - le dijo TInea.

- Genial, bueno necesitamos empezar por algún lado. Este es un buen lugar como cualquier otro para hacerlo. - le respondió Pen.

- Es Sholtan y tiene un ejército. - gritó Pen dentro de la casa.

- Grandioso, puedo ser útil aquí, podré ayudar sin magia o superpoderes. Solo iré a esconderme en alguna parte. - dijo Shane y sacudió la cabeza.

- No te preocupes, encontraré algo que puedas usar. - le respondió Melissa cuando el casco se materializó sobre su cabeza. - Eso espero, en serio. - dijo Shane. Odiaba sentirse inútil.

Pen caminó hacia el medio de la calle para enfrentarse al poseído.

- Déjame hablar a mí. - le dijo Tinea cuando Pen comenzó a caminar hacia adelante.

- Tinea, es bueno verte, pero ya he reclamado esta sección. ¿Qué estás haciendo aquí? - Le preguntó Sholtan y cruzó los enormes brazos al dejar de caminar.

- Sholtan, sé que crees que es hora de ser liberado, pero esto es un accidente. Todavía no es tiempo de ser libres. - le respondió y Sholtan ladeó la cabeza y le entrecerró los ojos negros.

- Entonces, es un accidente feliz. Ser libre es genial. - vociferó Sholtan mirando alrededor. - Sé que eres la espada del honor. He hablado contigo a través del vacío por tiempos incalculables. Sabes que todavía no es momento de hacer esto y sabes que necesitas regresar. - le dijo Tinea. Sholtan suspiró y sonrió.

- Te creo. Nunca me has mentido hasta donde sé y debo admitir que no tengo un propósito real aquí. Se siente raro. - dijo y continuó. - Pero no volveré a sellarme a mí mismo. Como has dicho muchas veces, no hay tales cosas como un accidente. Todo tiene su razón de ser. - dijo Sholtan con una risa.

Pen suspiró por la conversación.

CAPÍTULO TRECE

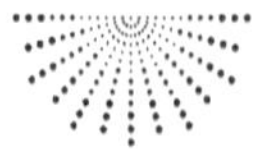

- ¿Podemos atacarlo ahora? - dijo, sonando impaciente. Los ojos de Sholtan se agrandaron. - Bueno, parece que no has controlado a tu huésped. ¡Qué inusual! ¿No me digas que sientes afecto por este mortal que te liberó? - Dijo Sholtan con una sonrisa.

- Demonios, por eso dije que quería ser yo quien hablara. Supongo que se reveló el secreto ahora. - le dijo Tinea a Pen y luego cambió su atención a Sholtan. - Sí, es un buen chico. No es particularmente amable, pero es bueno y quiere arreglar todo por su accidente. De seguro que lo entiendes. - le dijo Tinea.

- Por supuesto que puedo entender la voluntad de enmendar un error. Hay honor en intentar arreglar algo así, por lo cual he tomado una decisión. - le dijo Sholtan y sonrió. - Si tu humano y tú pueden superarme en combate, me volveré a sellar. Si no, todo seguirá según lo planeado. - le dijo Sholtan con confianza.

- Mi nombre es Pen Kenders, cretino. - dijo Pen a través de la armadura. - Muy bien, Pen, ¿aceptan el trato ustedes dos? - Sholtan no pareció perturbarse por el intento de Pen de insultarlo.

- No tenemos opción. - les respondió Tinea cuando sus manos se convirtieron en espadas reflejas largas y rectas.

- Podemos con esto. He jugado Immortal Combat un par de veces en el Gamestation. Contigo a mi lado no puedo perder. - le dijo Pen. - ¿Immortal Combat? ¿Qué es eso? - Preguntó TInea y Pen sonrió.

- Es un videojuego. Quedé en tercer lugar en un torneo online, una vez. - respondió Pen.

- Uh sí, me siento mucho mejor ahora, tercer lugar en un videojuego. ¿Qué podría salir mal? - Dijo Tinea sarcásticamente.

- Y por supuesto, como saben, todos mis súbditos son parte de mí, así que tendrán que derrotarnos a todos, Tinea, pero eso no es un problema para tí y el señor medalla de bronce, ¿verdad? - Dijo Sholtan con una sonrisa.

Estiró la mano izquierda y su espada se materializó en ella. La espada estaba tan roja como siempre y era de dos metros de largo.

- No, ningún problema, podemos manejarlo. - dijo Pen nervioso. - Bien, imaginé que podían. Después de todo, jugaste un videojuego. - les dijo Sholtan y se rió.

- No te preocupes, me tienen de su lado también. Mantendré a los súbditos alejados de tí mientras tú te encargas del grandote. - les dijo Melissa cuando se presentó en la calle. Pen no estaba seguro de cómo planeaba derrotar a tantos.

- Sí, buena suerte. - le dijo Tinea, pero ninguno de ellos dejó de mirar a Sholtan. - Y que la espada más afilada gane. - dijo Tinea y Pen, sin querer esperar más, comenzó a correr hacia su nuevo enemigo, pero estaba corriendo mucho más rápido de lo que había corrido antes en su vida. Todavía se estaba acostumbrando a todo este poder.

- No te preocupes, te ayudaré. Sholtan solo se tiene a sí mismo. Nosotros tenemos dos mentes y dos son mejor que una. En vez de intentar realmente hacer algo, piénsalo y yo leeré tus pensamientos. Juntos podemos ganar. - dijo Tinea telepáticamente.

- Comenzaremos con esto, sígueme. - le respondió Pen en su

mente y pensó que había planeado completamente todo a la perfección.

Pen corrió hacia Sholtan, saltó en el aire al mismo tiempo que comenzó a blandir la espada. Pen esperaba una cosa, pero recibió otra. Sholtan no era tan estúpido o lento como Pen imaginó. Dio un paso adelante haciendo que Pen pasara por encima de él.

Pen cayó al suelo detrás de Sholtan. Terminaron dándole la espalda a su enemigo. Pen solo tuvo un segundo para darse cuenta de su error antes que la espada los golpeara en el costado.

Tinea reaccionó y saltó a un lado, moviéndose al mismo tiempo que la espada para evitar ser cortados a la mitad de un solo golpe y rodó al suelo.

- ¿Ese era tu plan? Es grande por lo tanto debe ser lento también, ¿no? - le gritó a Pen cuando se levantó del suelo.

- Bueno, sabes, funciona en la televisión. - respondió Pen e intentó pensar un plan nuevo cuando uno de los súbditos apareció detrás de ellos y los agarró por el cuello, manteniéndolos en el lugar con un control férreo. - Uh dale, ¿en serio? - Preguntó Pen cuando comenzó a ponerse nervioso.

- Estoy contigo, no te preocupes. - dijo Melissa mientras se acercaba al que los estaba manteniendo en el lugar, y puso la mano derecha en el lado derecho de la cabeza del enemigo. Instantáneamente que hizo esto, un arco de poder azul apareció desde su armadura y noqueó a la cosa alejándola de ellos. El súbdito gruñó al alejarse tambaleándose con humo saliéndole de la cabeza.

- ¿Qué tipo de magia fue esa? - Dijo Pen cuando se dio vuelta.

- No fue magia, fue ciencia. Te lo explicaré después. - les dijo y miró al resto del ejército y en sus rostros conoció la verdad. Estas eran todas las personas que conocía. - Bueno, esto cambia las cosas. - dijo a nadie en particular y sabía que su siguiente movimiento podía ser elegir entre la vida y la muerte. Pen nunca mencionó de dónde venía el ejército en realidad. Tendrían que hablar de la importancia de los detalles luego.

Sholtan se paró allí y clavó la punta de la espada contra la calle con facilidad. - ¿Ibas a esforzarte y golpearme por la espalda? Parece un movimiento un poco desesperado, ¿no crees? Te diré algo. Un golpe directo gratis para que veas qué tan inútil es en realidad esto para tí. - dijo y abrió los brazos.

- Un golpe gratis, suena como un plan para mí. Tomémoslo. - dijo Tinea, Pen estuvo de acuerdo y comenzó a correr tan rápido como podía. Saltaron en el aire y pusieron las espadas en frente de ellos. Las espadas gemelas dieron en el pecho de Sholtan y se quedaron tiesas. El choque del impacto hizo que Pen sintiera como si sus huesos fueran a romperse de una vez, pero Sholtan no se movió ni siquiera un milímetro.

- Ven, incluso me golpeaste y no hubo forma de que alguien como tú pueda realmente hacerme daño. - les dijo y sonrió. Con la mano derecha los atrapó alrededor de sus brazos y los tiró hacia una casa y pasaron derecho a través de ella.

- Pienso que el tipo tiene razón. - dijo Pen al levantar un pedazo de pared caída. - No me digas. - Tinea concordó y se puso de pie. - Bueno, ¿cuál es el plan B? - Le preguntó Pen y no podía realmente pensar qué hacer acontinuación.

- Es obvio, ¿no crees?. He estado leyendo tu mente e incluso aunque te olvidaste la lección en ese juego tonto, sabías desde antes que tienes que usar las ventajas que posees. - dijo Tinea, y se sintió como si estuviera sonriendo.

- Y, ¿cuál sería esa ventaja? - Le preguntó Pen y ella gruñó.

- Vamos amigo, piénsalo, no me hagas tener que decirlo. - le respondió. - Bien, ahora no es el momento de comenzar a discutir. Vamos, solo dime así podemos terminar con esto de una vez. - le respondió Pen y comenzó a caminar hacia el agujero en la pared.

- Puedo imitar, he visto a esas cosas gólem disparar su fuego verde. Puedo imitar eso. Todo lo que necesitamos es elegir el momento correcto. - le respondió Tinea.

- Perfecto, lo entiendo. Salgamos ahí y hagámoslo. - dijo Pen y regresó a la calle. - Oye, Sholty, no hemos terminado. - le dijo Pen y el gigante se giró para enfrentarlos. - Siempre me he preguntado a qué sabe su sangre. - le respondió Sholtan. - Eso te preguntabas, ¿de verdad? - Pen estaba un poco conmocionado por eso.

- No estaba hablando contigo, humano, ella sabe a lo que me refiero. - dijo Sholtan cuando sacó y lanzó su espada como si fuera un bumerán. Tinea inmediatamente se agachó por debajo de ella. La gigantezca espada de tres metros cortó la casa detrás de ellos fácilmente haciendo que lo que quedaba de la misma colapsara. La espada salió de los escombros y regresó a su mano, tomándola del mango al regresar a él. Tinea se levantó y se apresuró hacia él.

- ¿Qué estás haciendo? Parece una mala idea. Deberíamos discutirlo. - Pen estaba en pánico mientras ella se acercaba rápidamente a él. - Cállate y pelea. - le respondió TInea al saltar alto en el aire. - Este es la peor montura en la que me he subido. Si no me desmayo lo habré hecho bastante bien. - dijo Pen cuando ella saltó.

- ¿Qué estás haciendo tan arriba? - Dijo Sholtan al mirarlos.

- Lo siento, amigo, pero no puedo permitirte ganar y no podemos permitir que ninguno de ustedes permanezca libre. - Dijo Tinea. Sholtan dio un salto hacia atrás, agarró uno de sus súbditos del brazo y lo uso como proyectil. Lanzó a la pobre alma por el aire. - Tenemos que salvar a ese. - dijo Pen cuando vio esto.

- ¡Claro que no! Así es como espera él que reaccionemos. - dijo Tinea cuando las espadas en sus brazos comenzaron a arder con fuego verde. Pen observó cómo el súbdito volaba sobre ellos, gritando. Incluso en este estado de posesión podía ver el terror en sus ojos. Tinea se alineó con el sol, Sholtan miró hacia arriba para encontrarlos, pero en el instante que miró directamente a la luz, tuvo que cubrirse los ojos por el resplandor.

- ¿Dónde estás? - Dijo Sholtan a nadie cuando intentaba mirar al sol.

- Aquí. - respondió Tinea cuando los dos se zambulleron a toda velocidad en dirección a él, como un cometa encendido de color verde oscuro. Ella empujó la espada encendida verde de su brazo izquierdo a través de su boca, empalándolo y atrasvesándolo por la parte de atrás de su cabeza. La espada continuó hasta que la punta llegó a tocar el suelo. - Demonios. - dijo Pen al ver lo que pasó.

- ¿Esto cuenta como una victoria? - Le preguntó Tinea.

- Sí, lo hiciste bien, estoy impresionado. - les dijo Sholtan telepáticamente a ambos. - Bien, ahora vuelve a sellarte de nuevo en la espada. - le dijo Tinea. - Bien, me han convencido. - dijo Sholtan y dejó caer su espada al suelo. Cayó con un ruidoso sonido metálico. Pen observó cómo el cuerpo enorme de Sholtan comenzó a disolverse en una niebla roja y fue absorbido por la gigantezca espada en el suelo.

Melissa tenía las manos ocupadas haciendo lo mejor posible para mantener al ejército distraído con hechizos de fuego poco impresionantes, que encontrarían molestos en el mejor de los casos y podían soportarlos.

- Shane, no seré capaz de mantenerlos lejos de la casa por mucho más, así que voy a necesitar que busques un mejor lugar para escondernos. - le gritó al mismo tiempo que fue golpeada en el rostro con un puñetazo por parte de uno de ellos al cual no pudo ver. La tiró al suelo y a pesar de la armadura, que no había sido hecha para un combate real, sintió el dolor fácilmente.

Melissa sintió la sangre correrle por la comisura de la boca cuando intentaba volver a levantarse. - Demonios. - logró decir al recobrar la compostura.

- Supongo que soy tan inútil como tú, Shane, parece que ladré más de lo que pude morder. - dijo mientras que el descomunal súbdito se le acercaba.

Levantó las manos y lanzó un rayo eléctrico, pero la cosa simplemente la atravesó caminando y la agarró por la garganta, y la levantó en el aire. Sintió que el abastecimiento de aire se le cortó inmediatamente.

Comenzó a sentir el pánico mientras golpeaba con los puños contra los gruesos brazos de la criatura en un intento de hacer que la soltara.

La dejó caer al suelo y respiraba con dificultad. Miró hacia arriba y vio una niebla roja saliendo de este y del resto de los demás súbditos. Estaban volviendo a sus formas elfas originales. La que estaba en frente de ella comenzó a caer de espaldas al suelo, y ella estaba demasiado débil como para intentar evitar que cayera.

Observó como Shane la atrapó antes de que tocara el suelo. - Gracias. - le dijo Melissa cuando Shane la depositó con cuidado en el suelo. - No hay problema, parece que esto ha terminado. - le dijo Shane a Melissa y la ayudó a levantarse.

Igual eres increíble, incluso aunque te hayan dado una paliza. - le dijo Shane. - Sí, a los chicos les gustan las cicatrices o algo así. - respondió y todavía seguía intentando recuperar el aliento después de todo lo que pasó. - Acerquémonos y veamos qué acaba de pasar. - dijo Melissa cuando se dio vuelta para ver a Pen parado sobre una estructura física que rápidamente se derretía, revelando una forma humana de piel verde debajo.

Donde Tinea había empalado a Sholtan, no había nada en absoluto, era bien por encima de la cabeza del huésped.

- Ese es Sir Anio, el caballero ogro del reino del este. Parece que había sido el protector de Sholtan debido a su extraña obsesión con el poder físico, pero buena persona por encima de todo. - dijo Pen y lo agarró antes que pudiera caer al suelo y cortarse.

- Estás bien, amigo, con calma. - le dijo Pen al caballero inconsciente. Shane miró la espada que estaba tirada a su lado y se acercó a por ella. - No la toques, Sholtan podría poseerte y todo comenzaría otra vez. - dijo Melissa preocupada.

- No te preocupes por eso. Soy una espada de palabra, simplemente ocúltame como acordamos. - dijo Sholtan y Shane, confiando en la espada, puso la mano alrededor de la empuñadura e intentó levantarla, pero una espada de dos metros era más de lo que podía levantar. Sholtan, detectando que el hombre estaba a punto de rendirse y no queriendo que se avergonzara, se elevó del suelo justo lo suficiente como para hacer que pareciera que Shane lo estaba haciendo todo por su parte y se redujo 1 metro de largo al mismo tiempo.

Shane trató de la mejor forma esconder su sorpresa y actuar como si lo estuviera haciendo por sí mismo. Todos estaban un poco impresionados.

La vaina apareció en frente de la espada y Shane la empujó adentro. La cerradura del costado hizo un click una vez que Sholtan estuvo completamente adentro. Tinea agarró la espada por el medio y la levantó fácilmente.

- Ahora deberíamos ponerte en algún lugar especial para que nadie más te encuentre hasta que nos ocupemos de todos tus amigos. - dijo Pen, intentando pensar en un lugar. - Simplemente ponme en el vacío, Tinea sabe cómo, todas nosotras sabemos. - Estaré bien allí. - le respondió Sholtan y Pen se sintió mal por la espada. Claro, casi los mata, pero ahora parecía que fuese un buen sujeto.

- Tengo una idea mejor. - le respondió Pen. - Te llevaremos a un lugar donde nadie jamás te buscará. - dijo Pen y miró a Shane quien sonrió, sabiendo en qué estaba pensando.

- Tú y Melissa encuentren una tienda de magia cerca de aquí. Estoy seguro que con la situación tal como está nadie estará allí, así que tomen lo que necesiten. Shane, reúnete conmigo en el escondite en veinte minutos. - dijo Pen y continuó.

- Tinea, vamos, te indico el camino. - dijo Pen. - Seguro, vamos. - respondió Tinea y despegó hacia el cielo llevando a Sholtan.

- Tienda de magia, muy bien vamos a encontrar una. Los elfos son conocidos por su alta calidad mágica después de todo, es un hecho. - dijo Melissa y los dos comenzaron a alejarse del caballero derrotado.

- ¿Crees que Sir Ogro ahí atrás se congelará? - Le preguntó Shane. - No, invocaré un escudo básico de calor sobre él. Debería mantenerlo bien a él y a los demás hasta que despierten. - dijo Melissa y Shane sonrió.

- Soro. - dijo y un tenue resplandor de calor rodeo al Ogro y a los otros elfos derrotados en la calle. La nieve se derretía a sus alrededores casi instantáneamente.

- Esta es la razón por la cual te amo, siempre pensado en los demás. Eres asombrosa. - dijo Shane y los dos comenzaron a caminar por la calle, alejándose del campo de batalla en ruinas.

CAPÍTULO CATORCE

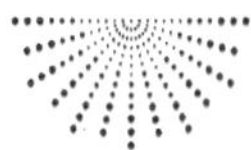

Pen estaba volando a través del aire helado. La ciudad no se veía nada mejor de lo que se veía cuando comenzaron con esto. El humo se estaba elevando desde muchos lugares de la ciudad, creando una niebla que era travesada por el brillo de la luz del sol.

- ¿Qué es el escondite? - Le preguntó Tinea. - Puedes leer mi mente, ¿y tienes que preguntar? - le respondió Pen. - Bueno, no me gusta estar leyéndola todo el tiempo. Me gusta hacer las cosas de la forma tradicional. - le respondió.

- Era el lugar al que me gustaba ir cuando era niño. Está en lo profundo del parque central en mi distrito. Después de que mi padre despareció pasé un montón de tiempo ahí. Es donde conocí a Shane también, antes de que le consiguiera el trabajo. - respondió Pen mientras inspeccionaba el área buscándo el lugar.

- Es una triste historia. ¿Quieres decir que nunca lo encontraron? - le preguntó Tinea. - No, no pudieron, pero eso es lo que le pasa a los caballeros famosos que se aventuran demasiado lejos en la Distancia, desaparecen. Era el doble de extraordinario, pero le gustaba el triple tentar al destino. Dijo que tenía una pista sobre algo que cambiaría el mundo, pero, por supuesto, desapareció. - dijo Pen, luchando contra los malos recuerdos.

- Auch, bueno, ¿qué te parece esto? Después de que todo esto termine, podemos ir a buscarlo. Digo, a menos que te guste ser un lavaplatos y eso. - le dijo Tinea. - De hecho como que me gusta ser uno. Todo esto del héroe nunca fue para mí. - le respondió Pen.

- No lo sé, la mayor parte de ser un héroe es básicamente estar presente y hasta ahora, lo has hecho bastante bien. Debo decir que estoy impresionada. La mayoría de los humanos hubieran escapado. He visto muchos cobardes a través de los siglos. - Sholtan se unió a la conversación y continuó.

- También, no me rompiste, estoy agradecido por eso. - finalizó. - Espera, ¿puedes morir? - la idea no había pasado por la mente de Pen en lo absoluto. - Sí, si la espada se rompe estás muerto, pero solo una espada puede romper a otra así que por favor sé cuidadoso conmigo. - Tinea señaló con un poco de preocupación en la voz.

- Es bueno saberlo. Bueno, el parque está ahí abajo. ¿Ves aquel árbol grande ahí abajo? Es ése. - dijo Pen y apuntó hacia él.

Tinea comenzó a aterrizar en el claro alrededor del árbol y llegó al suelo en un minuto. A pesar del caos en toda la ciudad, estaba tranquilo aquí.

- Me gusta este lugar. Es un lugar agradable. - les dijo Sholtan. Pen caminó hacia adelante y lo puso dentro de un agujero enorme en el árbol.

- Ahí está, estarás seguro aquí, creo. - dijo Pen y miró en el interior de las paredes. Los nombres de Pen y Shane estaban tallados en el interior. Este era su antiguo lugar de reunión para ellos. Tinea todavía no había soltado a la otra espada.

- Una cosa más para tener cuidado antes que terminemos con esto. - dijo y líneas de energía rojas emanaron de su mano mientras la sostenía. - Estoy copiando tu poder, no todo obviamente, pero casi. - le dijo Tinea.

- Oye, te lo ganaste, espero que te sirva. - respondió Sholtan.

Pen por su parte sentía que literalmente podía hacer cualquier cosa. Sentía como si pudiera doblar acero con los dedos. - ¡Sorprendente, esto es grandioso! - Tú poder es asombroso! - dijo Pen y puso las manos en puños, podía sentir el poder.

- Sí, gracias, pero no dejes que se te suba a la cabeza. Fuerte no significa invencible. - le recordó Tinea y Pen rápidamente disminuyó su confianza. - Tienes razón, ahora deberíamos esperar a Melissa y a Shane. - sugirió Pen.

- ¿Por qué? Sabes que solo saldrán lastimados si se nos unen. - dijo Tinea y Pen sabía que tenía razón. - Sí, pero podrían salir lastimados de todas formas. - Prefiero proteger a mis amigos si puedo en vez de dejarlos aquí solos. - le respondió Pen.

- Cuidado chico, está apareciendo el héroe otra vez. - dijo Sholtan con una risa.

- Bien, esperaremos que aparezcan. Mientras tanto, todas las fuerzas del mal y el caos solo se harán más fuertes mientras nos sentamos aquí y no hacemos nada. - le respondió Tinea.

Eso hizo que Pen sintiera arrepentimiento por su decisión, pero estaba seguro que era lo correcto. Les tenía que dar una oportunidad.

CAPÍTULO QUINCE

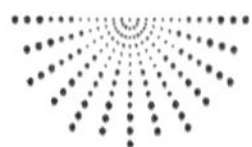

Shane y Melissa lograron llegar a una tienda de magia, pero que ella no conocía. Tienda de Magia del Viejo Bob, estaba pintado a lo largo de un cartel encima de la tienda con un azul brillante.

- ¿Un elfo llamado Bob? Parece un poco extraño. - dijo Shane al leerlo. - Quizás es la abreviatura de algo, quién sabe. - respondió Melissa mientras caminaban hacia la puerta frontal y la empujaban para abrirla, ya que no estaba cerrada con llave. Cuando entraron vieron todo tipo de objetos extraños en estanterías.

Melissa no tenía idea de lo que eran a pesar de todo su entrenamiento. No era muy buena en la identificación de objetos. Había un anillo dorado en una vitrina que tenía escrito algo extraño en la parte interior. Se acercó para abrir la vitrina cuando una mano la agarró por la cintura, paralizándola. El toque del hombre era caliente, casi quemaba.

- Ese es el único anillo que no deberías tocar, tiene malas noticias escritas por todas partes. Te diría tu perdición. - dijo el hombre. Ella se sorprendió y se fue hacia atrás enseguida. Shane tampoco lo había visto hasta que estuvo allí. El hombre era alto, delgado y tenía ojos azules ardientes que parecía que quemaban con su propia luz si los mirabas con cierto ángulo. Estaba vestido todo de negro. No era un elfo, sino que se veía más como un humano, pero algo no cerraba.

- Bienvenidos a mi tienda, mi nombre es Bob. ¿Qué tipo de negocio podemos hacer hoy? - les preguntó con una voz que era demasiado calmada para la situación.

- Mmmh, bueno, estábamos buscando objetos. Estamos en una situación medio especial y necesitamos protegernos de los caballeros oscuros. - le dijo Shane. No quería admitir que pensaban intentar robar las cosas del lugar. - Ah, bueno, ya veo. Vi algo de eso en la televisión. Son cosas desagradables. - dijo Bob, pero ninguno de ellos vio una televisión en la tienda.

- Bueno, muy bien, necesitan buena defensa. Síganme. - les dijo Bob y comenzó a alejarse caminando. Ninguno de ellos se sentía bien y seguirlo se sentía más como estar siendo llevado a una trampa que a cualquier otra cosa, pero lo hicieron de todas formas.

Bob los llevó al fondo de la tienda pasando una puerta, y ante ellos había cuatro objetos que no tenía una razón para estar colocados como lo estaban contra una pared.

- Cada uno puede elegir un objeto. Luego deben irse a hacer lo que sea que vayan a hacer. La primera es una guadaña llamada Slayer. Sirve para matar cosas. Perteneció a un jinete de la época antigua, amigo mío. Cuanto más mata, más fuerte se vuelve y te vuelves. Aquí tenemos a Violencia. Pertenecía a otro jinete. Una espada roja gigante que realmente solo brilla en el momento más tenso de la batalla. Cuanto más dura sea la batalla más fuerte te vuelves. - dijo Bob, sin mirar a ninguno de ellos.

- La tercera es Marchitar. Es un repugnante látigo pequeño que drena todo tipo de energía de la gente a la que golpea y te la da a tí. Y créeme, es difícil errar con esta. La última, pero no menos importante, es Miseria. Un arco con flechas ilimitadas. Flechas que liberan un veneno mágico a cualquiera al que le des en el blanco. - dijo Bob con una sonrisa, volviendo a dirigirse a ellos.

Melissa no lo tuvo que pensar mucho, pero sí pensó que los nombres eran un poco genéricos. - Elegiré a Miseria. Mis parientes elfos nunca me dejarían en paz si eligiera otra cosa. - le dijo. Shane pensó un poco más sus opciones. - No tengo entrenamiento y soy muy malo matando cosas, así que iré con la cosa que no falla, Marchitar. - le dijo Shane y estaba seguro de su elección.

- Excelentes elecciones, los dos. - dijo Bob con una sonrisa, fue detrás de la mesa y tomó a Miseria. Era un arco negro con una cuerda color blanco hueso. Estaba cubierta con caras de personas que estaban congeladas en la miseria, pero si la mirabas de otra forma solo se veía como un diseño sofisticado. Era difícil de explicar. Bob se la lanzó y ella la atrapó. Era más liviana de lo que parecía.

- Solo tira hacia atrás de la cuerda para que aparezca una flecha, instrucciones muy simples. - le dijo Bob y luego le lanzó el látigo a Shane.

Marchitar, en vez de ser capturado cuando él intentó agarrarlo, se enroscó en su brazo inmediatamente. Se veía y se sentía como una serpiente.

- Ahhh, mira, le agradas. ¡Qué suertudo! Se comió al último que la eligió. - dijo Bob con una sonrisa que no lo hizo sentirse para nada cómodo.

Tenía preguntas sobre todo esto, pero hacerlas ahora después de una oferta tan generosa podría parecer de mal gusto. Simplemente mantuvo la boca cerrada.

- ¿Cuál es el costo de estas cosas? - Preguntó Melissa y Bob sacudió la cabeza. - Ah no, no se preocupen por eso. Solo tráiganlas de nuevo cuando terminen y estaremos a mano. - dijo con una sonrisa. - Suena bien para mí. - le respondió Melissa y los dos se dieron vuelta y comenzaron a salir de la tienda.

Bob no los siguió.

- Ese hombre era bastante agradable después de todo, me gustó. - dijo Melissa. Shane sacudió la cabeza. - Me alegra que te haya gustado. Él y este látigo me ponen los pelos de punta.

Vayamos al escondite. - dijo Shane, todavía nervioso por esta cosa que tenía enroscada en el brazo. Cuando salieron. - Necesitaremos un auto para llegar allí. ¿Qué te parece este? - Shane señaló un auto mediano de color azul que estaba cruzando la calle.

- Servirá. - dijo Melissa y caminaron hacia él.

- Hay una seria falta de gente por aquí. ¿Crees que todos se están escondiendo o qué? - Le preguntó Shane.

- No lo sé, pero menos gente es mejor que más de ellos, ¿no crees? - respondió y abrió la puerta del conductor y se subió, sorprendida de que no estuviera cerrada. Puso el arco en el asiento trasero. Shane se subió en el lado del acompañante y cerró la puerta.

- Está un poco incómodo aquí. - dijo mientras buscaba en los alrededores el regulador del asiento. Lo encontró y deslizó el asiento hacia atrás. Melissa puso la mano en el encendido y envió una pequeña chispa dentro. El motor arrancó enseguida.

- ¡Oigan! ¡¿Qué están haciendo con mi auto?! - Un hombre salió de la cafetería que estaba enfrente adonde estaba estacionado el auto, gritando. - Tomándolo. Es una emergencia. Le prometemos que lo necesitamos. - gritó Shane por la ventana cuando Melissa arrancó por la calle dejando al hombre petrificado por lo que acababa de pasar.

- Normalmente no soy muy afán de robar algo, pero como dijiste, es una emergencia. Debes indicarme el camino porque después de esto no tengo la menor idea de adónde es que vamos. - le dijo Melissa.

- No te preocupes. ¿Sabes dónde vive Pen? Tenemos que volver a esa sección y luego te guiaré el resto del camino hasta allí. Mientras tanto, estaré atento por si aparece alguna persona de las espadas que quiera matarnos. - dijo Shane y comenzó a hacer eso mismo.

El par comenzó a viajar por la calle, doblaron a la izquierda y se detuvieron. Se les apareció una columna de fuego y un montón de personas corriendo de ella hacia su dirección.

- Creo que encontramos una. - dijo Shane cuando Melissa pisó fuerte los frenos para evitar pasar por arriba a alguien. Shane observó el fuego. La llama no era un tipo de fuego que hubiera visto antes. Era una columna giratoria de fuego que cambiaba constantemente de colores. Rojo, verde claro, azul e incluso rosado durante cortos períodos de tiempo.

- Bueno, estoy impresionado. - dijo Shane cuando Melissa puso el auto en reversa y retrocedió hacía una esquina con la esperanza de no ser vistos.

- Debemos regresar. - dijo Melissa. Estaba preocupada por esto. Shane vio como un trol corrió a la vuelta de la esquina, luego vio como el hombre era golpeado en la espalda por una línea de llamas púrpuras. En vez de quemarlo hasta convertirlo en cenizas, el hombre dejó de correr, gritó por unos segundos antes de que la llama púrpura cubriera su cuerpo completo, y luego se volteó en dirección a ellos.

- Arket, tenemos objetivos más interesantes por aquí. - dijo la víctima. Sin importar cómo sonaba su voz anteriormente, ahora era como el constante silbido y crepitar del fuego.

CAPÍTULO DIECISÉIS

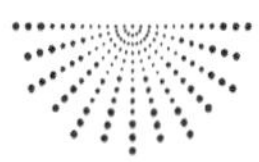

-Demasiado tarde, golpéalo. - dijo Shane, sacó el celular y discó el número de Pen. No tenía idea si eso funcionaría o no, pero tenía que intentarlo. Melissa giró el auto y lo pisó a fondo. Pen realmente atendió.

- ¿Dónde estás? Ha pasado media hora. - dijo Pen, preocupado por ellos.

- Nos está persiguiendo una espada llamada Arket a través de Pamid. Necesitamos tu ayuda. - dijo Shane con la voz más calmada que pudo para no distraer a Melissa de la tarea que llevaba entre manos.

- Estamos en camino. Tinea dice que no peleen contra Arket. Corran y los encontraremos. - dijo Pen y cortó. - Pen dice que escapemos. - le dijo Shane. - No hay problema. - le respondió. Dio la vuelta en otra esquina derrapando cuando de repente se les apareció enfrente de ellos una mujer de dos metros de altura.

Estaba cubierta con una armadura ondulada de color naranja llamativo. Melissa clavó los frenos. Arket apuntó la espada hacia ellos y liberó un rayo de fuego verde hacia el motor.

- ¡Sal! - dijo Melissa al agarrar su arco tan rápido como pudo del asiento trasero, abrió la puerta y saltó para salir. Shane hizo lo mismo y rodó para alejarse del auto justo cuando explotó. Melissa tenía la armadura puesta, y la protegió al aterrizar.

Shane no tenía ninguna protección como esa y sintió que se le quebró el brazo sobre el cual aterrizó. Melissa observó cómo las llamas volvían desde el auto de regreso hasta el cuerpo de Arket mientras que ella se dirigía hacia ellos.

- Una maga elfa y un humano donnadie, pero tienen juguetes interesantes. ¿Dónde los consiguieron? - Preguntó Arket al patear la estructura quemada de un auto fuera del camino. Ninguno contestó. - Si bien son mortales, bueno, me divertiré un poco mientras estoy aquí. - dijo Arket y le hizo señas al súbdito llameante más cercano para que se acercara.

- Quema al chico, hazlo gritar y ella me dirá lo que quiero saber. - le dijo Arket al trol ardiente. - Sí, por supuesto. - dijo y caminó hacia Shane. - No, no lo harías. - Melissa intentó oponerse al ponerse de pie.

- Por supuesto que lo haré. - respondió Arket. Los ojos de Shane se abrieron bien grandes por el miedo cuando el trol cubierto de fuego azul se acercó más a él.

- Muy bien cosa serpenteante, veamos qué puedes hacer. - dijo Shane y se sentó.

Marchitar reaccionó a sus palabras, se desenrolló de alrededor del brazo bueno y le permitió encontrar la manija. Sacudió el látigo por encima de la cabeza y atacó al súbdito llameante. Marchitar se enrolló en el tobillo de la cosa como si estuviera atacándolo. Shane no había apuntado a ningún blanco en particular cuando había atacado.

El trol gritó en agonía cuando el fuego azul alrededor de él desapareció instantáneamente. Shane sintió el dolor de su otro brazo desaparecer por unos pocos segundos. Se puso de pie y trajo de regreso a Marchitar. Nuevamente lo escuchó. No tenía nada que ver con habilidad.

La forma de la dama trol se reveló como una cáscara negra y quemada cuando cayó hacia atrás. Arket estaba atónita, Shane también.

Quienquiera que fuera esta dama, ya no lo era. Su cuerpo se hizo añicos como si estuviera hecho de cenizas cuando tocó el suelo.

- La maté. - dijo Shane y miró a la cosa en su brazo. - ¿Cómo te atreves a matar a mis esclavos? ¿Quién te dio ese derecho? - Arket gritó y por un momento olvidó incluso que Melissa existía.

- Realmente no quería matar, lo juro no fue mi intención. - Shane retrocedió intentando explicar. - Pero lo hiciste igual, así que ahora morirás gritando. - le respondió y comenzó a hacer explotar llamas multicolores otra vez en varios lugares de su cuerpo mientras lo hacía.

- Oye, rayito caliente, date vuelta. - dijo Melissa y Arket se dio vuelta justo para ver un rayo de luz verde oscuro con forma de flecha que iba directo a su rostro. La luz verde se dio de lleno en su cara y se destruyó en un millón de puntos de luz. La fuerza fue suficiente como para hacer caer a Arket al suelo, pero sin ser por eso no parecía tener otro tipo de daño.

- Humillarme, no lo creo. Quemaré sus almas hasta las cenizas. - gritó Arket cuando flotó desde el suelo y se enderezó.

- Supongo que no debe funcionar en espadas. - dijo Melissa y volvió a tirar del arco para disparar de nuevo.

- Deja en paz a mis amigos. - gritó Pen cuando apareció volando por el cielo y golpeó el suelo con el puño derecho creando una onda de choque que echó a todos hacia atrás serparándolos.

- Tinea. Debería haberme imaginado que estarías del lado de los mortales. - dijo Arket dijo con una voz que sonaba más como un infierno más que palabras.

- Pen, necesitamos juntar a tus amigos e irnos de aquí. Arket es la llama cósmica, nos derretirá. - le suplicó Tinea. - De acuerdo. - respondió Pen, emprendió vuelo y voló hasta Shane, lo agarró con la mano izquierda y sin parar dio la vuelta y agarró a Melissa con la derecha. Sin tener en cuenta cuánto los lastimaría esto, voló derecho hacia arriba.

Arket lanzó una bola de fuego púrpura en dirección a ellos,

pero falló ya que Tinea viró hacia la izquierda. El fuego púrpura explotó en el aire sin hacer daño.

- Ahora que lo sé, será mejor que les avise a las otras. - dijo Arket para sí misma cuando miró a las cenizas del trol muerto que se disipaban en el viento. - Lo siento, no pensé que pudieran matar a alguno de nosotros. Me preguntó dónde consiguieron juguetes como esos. - dijo Arket, se dio vuelta y se alejó del campo de batalla.

Pen no se dio cuenta cómo los levantó del suelo por el apuro. El sonido del viento combinado con el único objetivo de ponerlos a salvo, hizo que no escuchara sus gritos de dolor mientras volaba.

- Pen, tus amigos están intentando llamar tu atención. - le dijo Tinea. Pen miró a su alrededor, al ver que ya estaban más seguros de lo que estaban hace unos minutos, redujo la velocidad y aterrizó en el techo más cercano de un edificio.

- Creo que me sacaste el brazo de lugar. - dijo Shane, pero no podía mover su otro brazo. Estaba quebrado, pero el frío estaba aplacando el dolor por ahora.

- De todos modos. ¿Cómo nos encontraste? - Le preguntó Melissa.

- La columna arremolinada de fuego arco iris no era exactamente dificil de ver. - le respondió Tinea con un sarcasmo espeso en la voz.

- ¿Qué demonios estaban haciendo ustedes dos en el pueblo Trol? ¿Pensaron que era buena idea simplemente ir a hacer turismo con todas estas espadas dando vueltas? - Pen estaba frustrado con ellos y decidió cambiar el tema.

- La mayoría de los caminos estaban obstruidos por esas cosas, lo sentimos. - respondió Melissa, intentando ser lo más amable que podía al dejar su arco en el techo. - Eltrex Someo. - dijo, hizo un ademán con la mano izquierda y una luz azul apareció sobre Shane y ella.

- Gracias. - dijo Shane cuando el dolor en sus brazos desapareció.

- Esta es la razón por la cual deben encontrar un lugar seguro para esconderse. - dijo Pen y Shane entrecerró los ojos. - ¿Por qué? ¿Porque somos débiles y no podemos manejarlo? - le dijo Shane, su temperamento empezaba a elevarse.

- No, idiota, no es eso. Es porque son mis amigos, y no solo eso, sino que son los únicos amigos reales que he tenido. He perdido demasiado como para perderlos a ustedes por algo que hice. - dijo Pen.

- Ah, qué lindo, buena forma de dar vuelta las cosas. - le dijo TInea telepáticamente.

- Y es porque somos amigos que estamos dispuestos a apoyarte, arriesgar nuestra vida y todas las demás tonterías. - le respondió Melissa cuando la luz azul se disipó.

Pen sabía que sin importar lo que dijera, nada haría cambiar su punto de vista sobre el tema, así que lo dejó así. - Oigan, ¿qué son esas armas que tienen ahí? - Les preguntó Tinea para apaciguar las cosas.

- Las conseguimos de un tipo en una tienda mágica al final oeste de Pamid. - respondió Shane al mover el brazo para asegurarse de que estuviera bien.

- ¿Sí? Pero parecen mucho más poderosos que la mayoría de los objetos que esperarías encontrar. Ese tal Bob era raro. - dijo Melissa al inspeccionar su arma nuevamente, pero nada había cambiado de ella.

- Espera, ¿dijiste Bob? - Preguntó Pen y el nombre lo golpeó como una tonelada de ladrillos que cayeran de la nada.

CAPÍTULO DIECISIETE

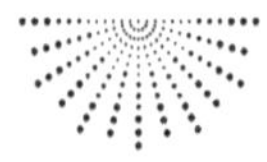

-Sí. ¿Por qué? ¿Qué significa para tí? - Preguntó Shane.

- Eh... bueno, Bob solo es el nombre de un tipo en una de mis series de libros favoritas. Se viste de negro, tiene ojos azules y juega el papel de vendedor o negociador a veces. - dijo Pen y los dos se miraron uno a otro.

- Bueno, era él, hasta con el papel que jugó. - dijo Shane después que Pen lo describió. - Pero es solo una historia en un libro. Esto cada vez tiene menos sentido a medida que continuamos. - dijo Pen más que nada para sí mismo. La idea de que alguien así, aparentemente haya hecho una aparición aquí lo estaba molestando de maneras que no podía describir bien.

Todo se estaba volviendo cada vez más extraño en este mundo y no le gustaba.

- Entonces, ¿crees que un personaje de ficción salió de un libro para ayudarnos? - Shane le preguntó a Pen.

- No. Si era Bob, casi nunca ayuda a alguien directamente. Más exacto sería decir que es siempre un trato diabólico. - le respondió Pen, intentando recordar los detalles que estaban en el libro. Pasaron unos años desde que lo había leído.

- Estas armas son bastante geniales. Este látigo con forma de serpiente me salvó, pero mató a la persona que estaba siendo controlada por las llamas. - dijo Shane, sintiéndose mal por lo que estuvo forzado a hacer más temprano.

- Son armas, pero tienen que aprender a usarlas mejor. Tenemos mucho por aprender. - dijo Pen cuando lo miró, decidiendo que seguir perdiendo tiempo en un libro no tenía sentido ahora.

- Bueno, ¿qué vamos a hacer ahora? - Preguntó Shane mirando el horizonte. Ver el castillo desde tan lejos a la luz del sol de mediodía era deprimente. Una nube de niebla negra flotaba encima de él, solo dejando ver el contorno de lo que una vez fue el brillante centro de la ciudad, ahora apenas visible.

- Digo que recuperemos nuestro castillo. - dijo Pen cuando también miró hacia el castillo. - Brule, o cualquiera sea su nombre va a caer. - dijo Shane y Pen volvió a mirarlos.

- Este puede controlar a las personas simplemente si las personas respiran esa niebla negra. Esto es algo que debemos hacer solos Tinea y yo. Prometo que nos podrán ayudar con la siguiente. - dijo Pen y sabía que querían ayudar, pero esto ya iba a hacer lo suficientemente difícil.

- Bueno, no nos vamos a quedar simplemente aquí parados esperando que regreses. - añadió Melissa.

- No, no lo harán. Lo que harán es salvar a todas las personas que puedan. Encuentren tantas personas sin infectar como puedan e intenten llevarlas a Vasaria. Sholtan ya no está allí y las espadas todavía están en la fase de armar sus ejércitos, y si podemos actuar los suficientemente rápido estarán seguros ahí por ahora. - dijo Tinea antes de que Pen pudiera decir nada.

- Suena bien para mí. Empezaremos con este edificio, veremos a quién podemos encontrar. Buena suerte a ustedes dos. - les dijo Melissa. Pen y Tinea emprendieron vuelo y volaron hacia el castillo.

- No pude despedirlos. - dijo Shane al verlos irse volando.

- Voy a preguntarte algo y necesito que seas honesta conmigo. - le dijo Pen a Tinea mientras volaban. - En el momento que te saqué de tu vaina, sabías que esas otras estaban libres también, ¿no? - Le preguntó Pen cuando se acercaban al castillo.

- Sí, lo sabía, pero entendí que el daño ya estaba hecho de todos modos así que no tenía sentido volverme a sellar después de todo. - le respondió.

- Sé que sabías lo que estaba pasando en el castillo esta mañana, tuve una sensación. - le dijo Pen, sintiéndose mejor por haber tenido razón.

- Si, lo sabía, pero si hubiera dicho: "Pen, solo nosotros podemos reparar todo este daño. Liberarme provocó que se liberaran todas ellas así que debemos poner manos a la obra." Habrías entrado en pánico y estaríamos en alguna parte de Las Afueras ahora mismo, mientras esos siete controlaban todo lo que estuviera a la vista. - Tinea hizo una pausa. - También tomé la forma de alguien atractiva de la televisión para ayudar a calmarte. - le dijo.

- Me gusta esta forma con armadura brillante también. Estamos haciendo un equipo bastante bueno hasta ahora. - dijo Pen con una sonrisa y continuó: - La celebridad también fue un lindo toque. - finalizó riéndose.

CAPÍTULO DIECIOCHO

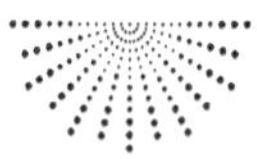

Los dos volaron por el aire hacia el castillo cuando chocaron con la primer capa de la niebla negra. Incluso bajo la armadura podía notar que olía casi como químicos concentrados que usarías para limpiar un desastre total.

- Bueno, cuéntame todo sobre este tal Brule. - Le dijo Pen tratando de ignorar el condenado olor. - Fuerte, del tipo silencioso más que nada. Fue forjada por Elrox y adaptó su personalidad. - respondió Tinea y Pen no tenía idea qué significaba. Se había saltado las clases de teología.

- Me parece bien, vayamos a darle un puñetazo en la cara. - dijo Pen cuando el aire alrededor de ellos se puso más oscuro. - Brule probablemente se habrá instalado en la habitación del trono. Sugiero que encontremos una forma de entrar que no suponga pasar por la puerta frontal. - le dijo Tinea cuando Pen aterrizó en el techo.

Después de unos rápidos segundos de inspeccionar, encontró la puerta de mantenimiento.

- Ahí la tenemos. Pienso que Brule cree que es intocable, rodeado por su ejército y toda esta sopa negra en el aire. - dijo Pen y caminó hacia la puerta y la arrancó de las bisagras, y la tiró como si no fuera la gran cosa hacia un costado sin pensarlo dos veces.

- Tinea, ¿puedes encogerte para que entremos por la puerta sin tener que emplear más trabajo del necesario? - Le preguntó Pen haciendo lo mejor posible por anticiparse a la situación.

- Sí, seamos sigilosos. Nada es más sigiloso que arrancar la puerta desde las bisagras y tirarla a un lado, pero como sea. - le respondió y se encogió para estar más cercana al tamaño de Pen. Pen sintió la armadura contra la piel, era más cálida de lo que esperaba.

- Gracias. Ahora dirijámonos a la habitación del trono y veamos qué encontramos. - dijo Pen y comenzó a caminar por las escaleras.

La luces de emergencia estaban encendidas. Atravesaban la niebla negra, creando un resplandor escalofriante sobre todas las cosas.

- Me sé el camino más rápido hasta la habitación del trono, pero ¿acaso las personas afectadas por la niebla de Brule, lo alertarán si tenemos que eliminar a una de ellas? - Le preguntó Pen. -No, no son tan psíquicos. Estaremos bien. - le respondió y él sonrió.

Pen empujó cuidadosamente para abrir una puerta. Al final del pasillo había alguien parado ahí, mirando en la otra dirección con la misma niebla negra saliéndole de la cabeza y de las manos.

- Creo que lo averiguaremos. - le dijo Pen a Tinea en un susurro y comenzó a avanzar a hurtadillas con cuidado hacia quienquiera que fuera. Pen nunca había estado tan nervioso en su vida entera.

A cada paso, estaba seguro que se daría vuelta y haría algo. Ahora mismo, estaba agradecido que la construcción del castillo era sólida y no había ningún crujido en el piso que terminara delatándolo.

Ya iban por la mitad del pasillo cuando de repente la puerta a su costado frente a ellos se abrió de golpe. Un hombre vestido con un traje bio-mecánico salió caminando y no notó a Pen para nada.

Se dirigió a toda marcha hacia el hombre infectado por la niebla al final del pasillo y lo estampó contra la pared de la derecha. El hombre con el traje giró al enemigo y con un gancho derecho justo a la cara lo noqueó de un solo golpe. Lanzó al hombre infectado por la niebla al suelo, y se dio vuelta para darles la cara a ellos.

- ¿Quiénes son? - preguntó con una voz distorsionada. Pen estaba en pánico y comenzó a inventar cosas. - Soy un guardaespaldas de la Princesa Tatiyana. Apenas fui capaz de activar mi Bio-traje antes de que todo lo que sea esto inundara el castillo. - dijo Pen y el hombre lo miró de arriba a abajo.

- Qúe buenos trajes tienen en el sur. De todos modos, Soy Gaila y tengo malas noticias para ustedes. - dijo y continuó: - La princesa fue capturada por una de las espadas. No sé cómo es que están liberadas, pero el guardián estaba dejando que ella la sostuviera cuando la cerradura se abrió. Arket la controló. Tuve suerte de poder escapar. - dijo Gaila y los ojos rojos de su traje parecieron brillar.

El corazón de Pen se hundió. Quería desplomarse ahí mismo.

- Solo sé que esto es de alguna manera culpa de ese condenado lavaplatos. Cuando lo encuentre lo voy a matar por hacer esto. - dijo el caballero y cerró el puño enojado. - No sé quién es ese, pero se me había dicho que las familias reales habían sido evacuadas del castillo. - le dijo Pen.

- No, las noticias mintieron. Es el plan para una emergencia como esta para mantener la paz en los reinos. La verdad es que Brule los tiene bajo su control aquí en el castillo y planeo volver a sellar esa espada y liberarlos. - les dijo Gaila. - Bueno, guardaespaldas, ¿cuál es tu nombre para saber a quien agradecer cuando todo esto termine? - Le preguntó Gaila. - Dustin, mi nombre es Dustin. - dijo Pen, robando el nombre de su serie de libros favorita.

- Un gusto, Dustin. Ahora pongámonos a trabajar juntos para detener esta locura. - le dijo el caballero, se dio vueltas y comenzó a caminar por el pasillo. - Sígueme, Dusty, conozco este castillo como la palma de mi mano. - le dijo Gaila.

- Sí, haré eso, pero tú te encargaste del último fenómeno de niebla. Me encargaré del siguiente por tí, te lo debo. - le dijo Pen.

- Esto no es un juego, pero si te sientes en la necesidad de hacerlo simplemente no la embarres. Aprendí del modo difícil que a menos que los derribes de una, pedirán ayuda a cualquiera que se encuentre en el área. - le dijo Gaila y a Pen le encantó que compartiera con él esa información ahora, para saber lo que no debía hacer después.

Los dos caminaron lado a lado hasta un pasillo lleno de niebla y vacío.

- ¿Qué te hace pensar que un lavaplatos es responsable por esto? - Le preguntó Pen.

- Era el único que no estaba en la reunión y sé muy bien que ninguno de nosotros liberó nuestras espadas. Todos saben que abrir una de ellas, abre a todas al mismo tiempo. Todo esto es su culpa y te apostaría un millón de libras de titanio a que está acobardándose en un refugio profundo y oscuro en alguna parte, dejando que los hombres de verdad arreglen su problema. - le dijo Gaila y continuó.

- Es gracioso como la espada de hielo se hizo añicos ni bien fue liberada, pero en el caos, nadie pudo investigar eso. - terminó diciendo Gaila, y a Tinea no le gustó cómo sonó eso.

- Me parece justo, pero ¿qué tan lejos debemos ir para llegar a donde está Brule? - Pen preguntó algo que ya sabía.

- Pasando esas puertas rojas y después a la izquierda. - le respondió el caballero. - ¿Y cuál es el plan exactamente? - Le preguntó Pen. - No sé, esa espada debe tener algún tipo de debilidad y la encontraré, pero ahora mismo simplemente debemos llegar ahí. - le respondió Gaila.

- Genial, sin plan, afortunadamente para uestedes dos yo tengo uno. - le dijo Tinea a Pen telepáticamente y continuó: - Buen trabajo engañándolo al hacerlo pensar que eres un guardaespaldas de la princesa. No puedo creer que se lo haya comido. - terminó Tinea cuando abrieron las puertas para entrar a la habitación del trono.

- Gracias. ¿Podrías contarme sobre este plan antes de que sigamos adelante y lo hagamos? - respondió Pen también telepáticamente. - Seguro. - le dijo Tinea.

CAPÍTULO DIECINUEVE

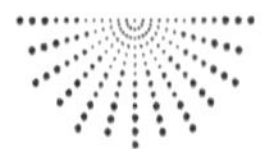

Ante ellos, apareció un círculo de dieciséis personas, ocho reyes y ocho reinas, todos consumidos por la niebla negra. Diferentes razas, pero todos afectados por la misma cosa. Brule sentado en el trono. Aparentemente entretenido por algo que ellos tres no entendían. Pen miró alrededor y vio que el lugar era un desastre comparado con lo que había sido la noche anterior.

- Si tienen que hacer una entrada, por favor anúnciense. - Brule los vio enseguida. - Soy Gaila y este es Dustin, estamos aquí para acabar contigo. - dijo el caballero al dar un paso adelante.

- Ah, era eso, muy bien. Qué bueno que tengo dieciséis guardaespaldas y ustedes...bueno, no. - dijo Brule y hizo un ademán y la realeza se enfrentó a ellos. - No podemos matar a ninguno de ellos, no están muertos y no pueden controlarse. El verdadero enemigo es la chimenea de ahí arriba. - le dijo Pen.

- Lo sé, pero ¿qué vamos a hacer con ellos? No nos dejarán pasar así nomás. - le respondió el caballero. - Cierto, pero soy un guardaespaldas. Iré por la chimenea principal, tú has de distracción. - le dijo Pen. - Sí. Espera, ¿qué vas a hacer? - le preguntó, pero antes de que pudiera responder, Pen flotó en el aire y pasó por encima de la línea real de defensores, dejando a Gaila petrificado.

- Es un traje asombroso. Necesito uno de esos. - dijo mientras el extraño se alejaba flotando. Eso lo distrajo. El caballero vio a alguien moverse por la comisura del ojo así que volvió a enfrentarse a sus atacantes.

- Muy bien, ¿quién va primero? - dijo más que nada para sí mismo porque sabía que no podía realmente lastimar a nadie en todo esto, sin importar cuánto lo quisiera.

Pen voló directamente hacia Brule y aterrizó al lado de él. - Y yo pensé que me estabas trayendo otra alma, Tinea. ¿Qué pasó? - Le preguntó Brule, pero no miró en dirección a ella.

- No, nada que ver. Estamos aquí para volverte a sellar a tí y al resto de las espadas. Todavía no es nuestro momento y lo sabes. - le respondió Tinea. - No, no estoy de acuerdo. - le respondió, se puso de pie y les sacaba un metro de altura.

- Volveré a pedirte de manera amistosa. Podemos hacer esto de la manera fácil o simplemente contarles a todos que tuvimos una pelea magnífica. - le sugirió Tinea, ella pensó que era un plan excelente. Brule, por su parte, le dio un puñetazo a Tinea con la mano derecha. Pen se estremeció y esperó lo peor, pero para su sorpresa ninguno de ellos se movió ni un centímetro.

- ¡Sholtan! - dijo Brule cuando Tinea alejó su mano, y luego con el puño izquierdo le dio un puñetazo a Brule con la suficiente fuerza para enviarlo a volar por todo el trono hasta estamparlo contra la pared más alejada, rompiendo un cuadro de un viejo rey del pasado.

- La manera difícil, entonces. - dijo Tinea al darse vuelta y ponerse cara a cara a él. - Dijiste que tenías un plan. ¿Te importaría compartirlo conmigo ahora? - Le preguntó Pen. - Sí, continuaré dándole puñetazos hasta que se rinda. Ese es mi plan. - le respondió TInea.

- ¡¿Qué?! Es el peor plan que he escuchado. - le dijo Pen cuando veían que Brule se ponía de pie.

- No, lo que no entiendes es que fuimos encerrados desde

hace muchísimo tiempo y la única forma en la que podemos regresar es si alguien nos fuerza a regresar. Es obvio que nadie va a volver por su propia voluntad, pero tenía que intentar. - le respondió Tinea y sabía que tenía razón. La espada de Brule apareció en su mano. Era grande y dentada, más como una sierra o una cuchilla para filetear que como una espada.

- ¿Quieres jugar de esa forma? Destrozaré y cortaré a quienquiera que esté dentro tuyo en pedacitos bien pequeños de pies a cabeza. - dijo Brule al tirar el marco del retrato destrozado lejos de él. - Haré que te sea difícil, humitos. - le respondió Tinea y sonó como si estuviera sonriendo cuando convirtió las manos en espadas.

Brule cargó contra ella, volando por el aire al mismo tiempo que blandía la espada hacia abajo. Tinea cruzó los brazos y bloqueó la espada cuandó la golpeó. El piso debajo de ella se agrietó y se astilló mandando pedazos de maderas para todos lados después del impacto. Pen sintió el impacto de ese ataque, pero no lo lastimó tanto como había imaginado.

La espada izquierda empujó la espada de Brule hacia el costado y blandió la derecha transversalmente en la pechera, cortándola y abriéndola con facilidad. Saltaron hacia atrás cuando una niebla negra y espesa salió de la herida. Al instante que la niebla tocó las espadas de Tinea, comenzaron a salir chispas.

- Demonios, eso no lo vi venir. - dijo Pen cuando sintió que se le quemaban las manos. - Yo tampoco. - concordó Tinea al saltar hacia atrás moviendo las espadas, intentando sacudir la corrosión. - Nadie puede aguantar el verdadero poder de la niebla negra. Pemítanme compartir con ustedes un poco más. - dijo Brule cuando la herida del pecho se le cerró. Pen estaba preocupado por lo que iba pasar acontinuación.

Brule lanzó la espada al aire y extendió las manos. Los dos vieron como la espada gigante le cortaba las manos desde las muñecas y la espada golpeó tan fuerte el suelo que hizo un agujero en el piso. La niebla negra salía de sus brazos como si fuera sangre.

Pen saltó derecho hacia adelante pasando por encima de Brule y entre los chorros de niebla, y rebanó la espalda de Brule con la espada.

Fue fácil hacer el corte, pero la herida actuó como otra arma y más niebla negra ácida salió hacia ellos. Brule gritó por lo que parecía que era dolor, pero ninguno de los dos podía saberlo.

Pen sintió como si sus manos se quemaran cuando la niebla tocó las espadas. - Creo que vamos a necesitar un plan nuevo. Este es una porquería. - dijo Pen al saltar hacia atrás. - Él no es infinito, tienes que confiar en mí esta vez. - le dijo Tinea y se zambulló para salir del camino de Brule cuando éste comenzó a dar vueltas.

- Ahógate con esto. - dijo Brule al ir dando vueltas en su dirección. - Eres un cobarde, igual que el que te forjó. Todo ese poder y solo sabes usarlo de una manera. Típico. - le dijo TInea.

- Sí. Burlarnos del supervillano es exactamente lo que hay que hacer para que quiera matarnos todavía más. Excelente plan. - le dijo Pen cuando esquivaron hacia la derecha una niebla ácida que se derritió en el suelo justo en el lugar donde estaban parados hacía un instante. - ¿Podrías callarte y confiar en mí? - le respondió Tinea.

CAPÍTULO VEINTE

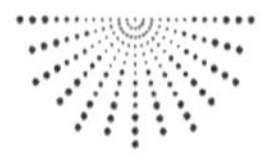

Shane y Melissa se estaban dirigiendo hasta el edificio, manteniéndose en silencio para ver si podían escuchar a alguien que pudiera estar cerca. Pero el edificio parecía estar vacío sin ser por ellos hasta ahora. Melissa se frustró fácilmente con este método de búsqueda.

- ¡Hola! Si te estás escondiendo aquí me gustaría que mires por la ventana más cercana que mire al oeste. Ahí vas a ver un tornado de fuego arco iris dando vueltas y se está cercando. Si ese fuego te llega a tocar, serás poseído por él. Este será el único aviso que vas a tener de que corras como si tu vida dependiera de ello. Vasaria es más segura, si puedes llegar allí. Vete ahora. - de repente Melissa gritó con una voz mágicamente realzada.

Shane se pegó tremendo susto. - ¡Diablos mujer! La próxima vez avísame. - dijo Shane casi igual de alto porque ahora sus oídos le zumbaban. - Ah, discúlpame. Quería buscar en cada habitación individualmente en este piso, pero creí que sería más rápido así. - respondió, sin estar segura qué esperaba de ella.

Un trol de piel verde sacó la cabeza por una puerta.

- ¿Cómo se supone que llegaremos allí? - estaba usando un traje, parecía que era algún tipo de gerente. - ¿Qué parte de correr no entendiste? Tú y quien sea que esté contigo deben irse, ahora. Llama a todos los que conozcas y diles que vayan a Vasaria también. - le respondió Melissa.

- Es muy frío y muy lejos. Nunca llegaremos con esas cosas ahí afuera. - respondió el hombre. - Los ayudaremos a llegar ahí. Reúne a todos los que puedas y encuéntranos en la puerta principal. - dijo Shane, todavía intentando quitarse el zumbido de los oídos. - Muy bien, mi nombre es Tolx. ¿Quiénes son ustedes? - Les preguntó Tolx.

- Eh, yo soy Shane, ella es Melissa. Vamos a intentar sacarlos de aquí, pero si seguimos perdiendo más tiempo estaremos todos muertos o poseídos por alguna criatura de fuego, así que por favor ¿podemos empezar a movernos? - le respondió Melissa intentando superar esto. - Dale, vayamos al fondo y esperémoslos. - dijo Melissa y Shane asintió al estar de acuerdo. Tolx salió corriendo por el pasillo. Era claro que no estaba acostumbrado a correr a ninguna parte por la forma en que lo hacía.

Los dos se dirigieron por las escaleras más cercanas.

- Conociendo nuestra suerte, la luz se irá apenas intentemos subirnos a un ascensor. Sigamos por las escaleras. - dijo Shane al bajar por ellas. - Sí, pero quedarme atrapada en un ascensor sola contigo no estaría nada mal por un par de horas. - respondió Melissa. Estar completamente vestida con armadura, aunque solo fuera de entrenamiento, elevaba su confianza. Shane sonrió cuando encontró una puerta hacia las siguientes escaleras. Los dos la atravesaron y comenzaron a bajar.

- Cierto, tú no eres la única que puede hacer magia, lástima que tenemos un montón de espíritus asesinos detrás de nosotros. - respondió Shane y sonrió. Cualquier cosa era mejor que pensar en lo que había afuera.

- Hablando de magia, ¿crees que deberíamos seguir usando estas armas? - Le preguntó Melissa cambiando de tema.

- Como lo veo yo, la muerte es parte de la guerra y estas

cosas nos matarían encantados. Las espadas parecen más que dispuestas a controlarnos o borrarnos del mapa, así que sí, tenemos permitido defendernos. - dijo Shane, mirando al látigo serpenteante enroscado en su brazo, ya no tan aterrado por él como antes.

- Supongo que tienes razón, pero ya estamos en la planta baja, esperemos que Arket y sus súbditos ardientes todavía no hayan llegado aquí. - respondió Melissa y empujó la puerta con cuidado para abrirla.

La planta baja estaba desierta, se escuchaba una radio.

- Es ahora amigos, este es el apocalipsis de las Espadas. Me están llegando reportes de todas partes. Hay un reporte de un tornado de llamas prismáticas en el oeste. El castillo de Lom esta rodeado por una niebla negra que controla a todo aquel que se expone a ella. Tenemos robots asesinos dando vueltas por ahí también. Este es el final justo como lo cuenta en el buen libro. Las espadas han sido liberadas y todo lo que podemos hacer es esperar por la salvación de los dioses. Por otro lado, tengo un reporte de Vasaria que dice que un caballero de plata desafió y derrotó a Sholtan. Ahora, no se qué es verdad y qué no, pero todo lo que podemos hacer es soportar esta ira. Estamos al aire gracias a unos generadores internos y estaremos con ustedes todo lo que podamos aquí en la estación ARGO. - dijo el DJ en la radio y estaba hablando tan rápido que era difícil entenderle completamente.

Ahora mismo ese ruido iba a atraer la atención que no es lo que necesitaban. Shane se acercó al escritorio donde estaba la radio y la apagó.

Había fotos de niños en el escritorio, obviamente medios elfos y medios trol solo por verlos.

- Interesante. - dijo Shane y se volteó nuevamente hacia la puerta frontal del edificio. Como muchos lugares como este, la puerta principal no era más que una entrada de vidrio.

- Qué bueno que no tenemos que mantener nada afuera. - dijo Shane para sí mismo cuando otra puerta se abrió detrás.

Tolx salió por ella y lo seguían trols, elfos y humanos. Treinta personas lo seguían.

Shane los contó dos veces para asegurarse porque nunca se fiaba de sí mismo cuando se trataba de contar cosas.

- Me gustaría que hiciéramos una presentación grupal, pero no tenemos tiempo para eso. Debemos ser silenciosos y tan rápidos como podamos. Si alguno de esos bichos de fuego los ve, estaremos todos en problemas. Nos haremos cargo de todos los que podamos, pero tenemos que salir de Pamid. - dijo Shane y se dio cuenta que la mayoría no llevaban la vestimenta necesaria para este tipo de viaje, solo tenían una camperas livianas.

- Está frío allá afuera. ¿No podemos ir en auto? - preguntó un elfo de la multitud. - Pueden hacer lo que quieran, no somos sus niñeras. Los autos son ruidosos y fáciles de ver. Arket los atrapara en un instante si lo intentan. Ya lo intentamos. Creo que correr es la mejor opción para evitarlos. - les dijo Melissa intentando aclarar su punto de vista.

- Bueno, ni siquiera te conozco así que me voy a subir al auto y me voy a ir. - respondió el elfo. Se apartó de la muchedumbre y se dirigió hacia la entrada del garaje. - Muy bien, si alguien más quiere intentarlo, adelante. Pero serán un blanco fácil. - dijo Shane y caminó hacia las puertas de vidrio y las abrió.

No había nadie en las calles esperándolos, pero el sol recién estaba empezando a desaparecer detrás de los edificios, haciendo que se pusiera más frío.

- Parece despejado, deberíamos irnos ahora. - agregó Shane al dar un paso afuera sin dejar de ser cuidadoso.

Melissa los siguió saliendo por la puerta: - Si van a venir, ahora sería el momento de hacerlo. No se queden ahí parados. - los volvió a llamar y empezaron a ir arrastrando los pies hacia allí de mala gana.

- Muévanse más rápido que eso. - dijo Melissa hacia adentro del edificio y el grupo empezó a apurar el paso. - Guía el camino a casa. Me mantendré en el fondo para asegurarme de que ninguno se pierda. - le dijo Shane y Melissa comenzó a caminar por la calle. - Bien, pero simplemente asegúrate de que tú no te pierdas tampoco. - le respondió y comenzó a caminar por la calle, manteniéndose cerca de los edificios.

- No te preocupes, estaré bien. - contestó él y esperó mientras todos lo pasaban, atento por si pasaba algo. No tomó mucho tiempo hasta que todos estuvieron afuera del edificio.Tolx tuvo la misma idea y fue el último en salir del edificio. Los dos caminaron juntos.

- Entonces, Shane, ¿qué es lo que haces normalmente? ¿Eres un miembro de alguna organización especial como la unidad León, algo así? - Le preguntó Tolx intentando darle sentido a esto. Shane suspíró y le dio un escalofrío, pero por extraño que pareciera, no fue tan malo como lo fue cuando todo esto comenzó. Quizás se estaba acostumbrando.

- Soy un lavaplatos. Ahora, deberías aprender a mantenerte en silencio, el ruido atrae al enemigo. - le respondió y Tolx solo se rió para sí mismo, sin creerle una palabra a Shane. Ahora mismo, Shane no se sentía para nada como un lavaplatos. El látigo extraño enroscado alrededor de su brazo se sentía vivo, y también le daba esperanza de que quizás viviera para ver cualquiera que fuera el final que esta situación fuera a tener.

Melissa levantó la mano derecha y el grupo lo interpretó como significado de tener que detenerse, porque ella así lo hizo. A la distancia podían escuchar el sonido de unos gritos y el color de las llamas prismáticas que venían de la vuelta de la esquina. Melissa aprontó el arco con cuidado, estiró la cuerda hacia atrás creando un rayo de luz verde en ella. Dio vuelta a la esquina para ver a una persona llameante incendiando un auto con fuego púrpura. Había un Elfo adentro gritando.

- ¡Oye, chispitas, por aquí! - dijo y apuntó. Al momento que la cosa giró ella disparó, sin darle opción de hacer nada. La flecha verde de energía voló y se incrustó directo en el pecho de la cosa. Se dejó caer al suelo de rodillas y comenzó a gritar. Unos segundos después se cayó hacia adelante y pareció que murió ya que había desaparecido el fuego púrpura.

El cadáver explotó formando tiras de luz verde que se esparcieron hacia todos lados por el aire y regresaron hacia donde el resto de las personas poseídas por el fuego deberían estar.

- ¿Por qué hizo eso? - Fue todo lo que ella pudo decir cuando el Elfo salió por la puerta del acompañante y corrió pasándola por alto hacia donde estaba el grupo que había abandonado hacía solo un ratito, sin ni siquiera pensar en decir gracias por el rescate. Ella lo ignoró, luego los cabos se ataron en su cabeza. Se dio cuenta de lo que había pasado. - ¿Qué he hecho? - se preguntó a sí misma.

Arket estaba encima de su columna arcoíris espiral de fuego cuando miró al cielo, solo para ver incontables puntos de luz verde yendo hacia ella. Antes de poder destruirlos o tener la oportunidad de reaccionar, observó como estas flechas verdes oscuras se instalaban en sus súbditos, al parecer desde todas partes.

- ¿Qué es esto? - Arket preguntó confundida cuando observó que su ejército entero eran atravesados por el ataque. Sus llamas se extinguían un segundo después de ser golpeados, luego sus cuerpos se convertían en polvo. Instantáneamente supo de quién venía todo esto.

Las llamas de su cuerpo se volvieron rojas y negras al salir volando en el aire, desde la dirección de donde vino el ataque, totalmente enfurecida por lo recién acontecido.

- Chicos, vayan a Vasaria, ahora. - le dijo Melissa al grupo en un tono de pánico. Se había olvidado de qué tan destructiva era su arma. - ¿Por qué? Creí que ibas a guiarnos hasta allí. - respondió alguien del grupo.

- Los planes cambiaron. Corran tan rápido como puedan y no paren por nadie. Arket va a estar viniendo para aquí. Cometí un error terrible. - respondió y esas palabras provocaron un escalofrío anormal por el cuerpo de todos, incluso el de Shane.

El grupo comenzó a pasar por delante de ella. - ¡Dije que corran, carajo! Salgan de aquí lo más rápido que puedan. - dijo

Melissa con una voz asustada y casi enojada, no quería ni pensar en lo que acababa de hacer y era suficiente con hacer que comenzaran a correr. Shane no sabía qué pensar, pero sabía que sin ellos, no tenían oportunidad.

Shane caminó a su lado y vio la pila de cenizas de apariencia familiar en frente del auto en llamas.

- Hiciste algo malo, ¿verdad? - le dijo Shane. - Sí, me olvidé de concentrarme y dirigí el ataque a todos los súbditos de Arket en vez de solo a este. - le respondió ella. - Vamos a escondernos, ella... - Melissa lo cortó.

- Después de lo que hice, va a incendiar todo el reino solo para buscarnos. Es mejor que solo me quede aquí y lo acepte. - le dijo. - Genial, intentaremos demorarla lo más posible. Suena como un buen plan, pero creo que vamos a morir. - le dijo Shane y le agarró la mano libre sin pensarlo.

- Bueno, supongo que si tenemos que morir, lo haremos juntos. - le respondió Melissa. En ese momento apareció Arket en el cielo encima de ellos, descendiendo como si fuera un cometa de fuego al que se le dio vida de color negro y rojo. - No quería vivir para siempre igual. - dijo Shane y desenroscó su látigo con la mano libre.

Arket aterrizó en el suelo y la calle se derritió ni bien la tocó. El frío desaparecía al estar en su presencia.

- ¿Tú eres la que eliminó a todos mis niños? ¿Por qué hiciste eso? - Les preguntó Arket con una voz más calmada de lo que esperaban y comenzó a caminar hacia ellos. - No fue mi intención, es esta arma. Olvidé que hace lo que hizo y cometí un error. - Melissa respondió honestamente.

A Arket no le importó cuál era la razón y levantó la mano derecha hacia ellos. - Voy a quemarlos de tal manera que ni siquiera los dioses serán capaces de volverlos a reconstruir. - dijo Arket con una voz llena de una ira tranquila. Shane se puso en acción y blandió el látigo. Marchitar se extendió y se enroscó alrededor de su cintura. Inmediatamente comenzó a absorberle las llamas negras y rojas.

Miró a esta cosa, la agarró y la cinchó hacia adelante con la suficiente fuerza para hacer caer a Shane y traerlo hasta ella. Shane se rehusó a soltarse, incluso aunque golpeó el suelo como lo hizo. El dolor fue mínimo ya que Marchitar estaba transfiriendo la energía hacia él, energizándolo al mismo tiempo.

- Esta cosa es una sanguijuela. No sé dónde la conseguiste, pero no creo que sea de este mundo. No es lo suficientemente fuerte para salvarte de mí. - le dijo Arket y lo prendió fuego con una onda de llamas de color rojo sangre que lanzó con la mano izquierda.

Shane pensó que gritaría, que estaría en agonía, pero Marchitar le estaba chupando la energía a ella y dándosela a él. El fuego ni siquiera quemó su ropa. Se puso de pie lentamente.

- Eh, lo está haciendo bastante bien hasta ahora. - respondió Shane y le dio un puñetazo a Arket en la cara con más fuerza de la que jamás había tenido antes. Salió dando vueltas hacia atrás, pero Shane la siguió.

- Te voy a estrangular con este látigo, voy a matarte. - dijo Shane y el propio fuego de Arket estaba dentro de sus ojos. Melissa vio esto y se asustó porque se dio cuenta de lo que estaba pasando.

- Shane debes soltarla, es peligroso. - intentó decir, pero él ignoró sus palabras justo cuando, con más agilidad que nunca antes, hizo unas maniobras y puso el látigo alrededor del cuello de Arket. Comenzó a apretar. Arket sorprendida comenzó a perder fuerza y cayó sobre las rodillas.

- Voy a lamentar esto más tarde. - dijo Melissa, tiro de la cuerda y disparó, esta vez concentrándose en lo que estaba haciendo.

La explosión noqueó a ambos y los separó uno del otro, cayendo los dos al suelo. - ¿Por qué hiciste eso? La podría haber matado y haber terminado con esto. - le gritó Shane cuando se puso de pie. Todavía seguía encendido mientras que Arket todavía tenía problemas para ponerse de pie.

- Lo sé, pero esa arma, estas cosas nos están cambiando. No

vale la pena ganar la batalla, pero perdernos a nosotros mismos en el proceso. - le dijo Melissa. Shane no registró las palabras o el significado de las mismas en lo más mínimo y marchó hacia Arket para terminar el trabajo.

- Vamos, Shane, mírate. estás en llamas. - le suplicó Melissa otra vez. Shane bajó la mirada para verse a sí mismo y vio que realmente estaba en llamas. No le gustó eso y dio un paso hacia atrás sorprendido.

Arket recobró algo de su poder y escapó hacia el cielo dejando una brillante ráfaga de fuego azul detrás. Shane sacudió la cabeza y el fuego se disipó.

- Gracias, no sabía lo que estaba haciendo por un minuto. - le dijo Shane y miró el látigo que se enroscó en su brazo por sí mismo. - Quizás deberíamos deshacernos de estas cosas mientras podamos. - sugirió Melissa.

- Sí, pero quedaríamos completamente indefensos contras estas espadas. Deberíamos quedárnoslas, pero usarlas únicamente cuando sea necesario. - dijo Melissa, nuevamente intentando no pensar en toda la gente que debe haber matado con ese único disparo. Sacarlo de su cabeza era más difícil de lo que pensaba, pero cuando el aire frío volvió de golpe, se hizo un poco más fácil.

- Vamos a buscar a Pen. Ese grupo debería llegar a Vasaria sin problemas, no está muy lejos. - Sugirió Shane, realmente odiaba estar ahí afuera.

- Bien, me parece bien. - estuvo de acuerdo Melissa. No queria seguir ahí más de lo necesario tampoco así que comenzaron a dirigirse de regreso al castillo.

CAPÍTULO VEINTIUNO

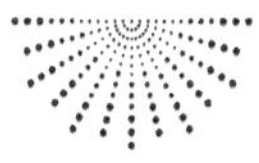

Pen salía corriendo de la habitación para pelear. A diferencia de la niebla negra de afuera, esta cosa negra no desaparecía, simplemente se dispersaba para todos lados.

- Tinea, te vas a derretir junto con todo lo demás en esta habitación. - les gritó. Pen observó y se dio cuenta de la onda de niebla ácida que estaba rodando en dirección a la realeza.

- Debemos derrotarlo, ahora. - Pen le dijo lo obvio a Tinea. - Bienvenido a la pelea, ¿recién llegas? - le respondió medio gruñendo. Ella voló por encima de Brule directo hasta la otra pared, pegándose a ella. El monstruo sin manos se volteó para enfrentarlos, al instante que lo hizo Tinea cargó contra Brule con toda la velocidad que pudo liberar.

Pen apretó los dientes cuando la espada izquierda rebanó la cabeza de Brule al la altura del cuello de un solo tajo y aterrizó detrás de él. La cabeza cayó al suelo y la herida liberó cantidades enormes de la niebla ácida que se dispersó para todos lados. El cuerpo cayó hacia adelante y se dio contra el suelo con un golpe seco.

Pen caminó hasta la espada negra que se encontraba en el suelo y la levantó con la mano derecha. - Has perdido, retira tu niebla o te romperé. - le dijo Pen, poniendo la espada izquierda contra Brule y comenzó a rasgar la espada. - No tienes el coraje para romperme. - dijo Brule, sintiéndose seguro desde su espada y Pen presionó con más fuerza en el metal, cortándolo.

- Está bien, está bien, tú ganas. - gritó Brule y Tinea lo sostuvo encima de la cabeza. Toda la niebla negra, corrosiva e infecciosa comenzó a regresar hacia la espada. En pocos segundos todo rastro de la niebla negra desapareció. Donde antes yacía el cuerpo de Brule, ahora se revelaba otro caballero.

- Sir Centrate, como esperaba. - dijo Pen al caminar hacia el cuerpo con escamas vencido. Agarró la vaina y metió a Brule de nuevo en ella, se escuchó el click del cerrojo al entrar en su lugar. Pen miró a los demás en la habitación. Probablemente sería la única otra vez que vería tanto poder junto en una sola habitación. Se sorprendió al ver que el Rey y la Reina vampiro también habían sido controlados por la niebla. Los Morglanders siempre actuaron con superioridad. Si esta historia saliera a la luz quizás los callaría un poco.

- Era de esperarse que un Elroxian aguantaría la espada de niebla, pero ¿no morirá sin agua? - Tinea le preguntó a Pen, preocupada.

- Sí, pero tiene un pendiente de la corona Aquarian. Lo protegerá. No estará cómodo, pero estará bien. - le respondió Pen. - Salgamos de aquí antes que todos comiencen a despertarse y empiecen a hacer preguntas. - dijo Tinea y en vez de usar las puertas voló directamente a través del techo.

- El castillo necesita remodelarse de todas maneras. - dijo Pen, sin sentirse mal en lo más mínimo por hacer eso. Gaila estaba atónito. Acababa de ver a alguien volviendo a sellar la espada de niebla, quedarse parado ahí por unos segundos y luego salir volando por el techo del castillo.

Estaba muy confundido por todo esto, pero no tenía tiempo para preocuparse ahora. Toda la realeza parecía estar volviendo a la normalidad, así que dirigió su atención hacia ellos. Simplemente estaba agradecido que no había lastimado a ninguno de ellos en la breve lucha.

- Creen que son especiales porque me han derrotado. - dijo Brule desde dentro de la espada. - Cállate. - respondió Pen. Luego Tinea extrajo líneas de niebla negra corrosiva de la espada y copió el poder con facilidad. - No sé cuando nos podrá ser útil, pero de verdad espero que le encontremos un uso. - le dijo Tinea a Pen, ignorando a la otra espada.

- Estoy esturo que tendremos la oportunidad. Vayamos al escondite para que podamos guardar esta también. - le respondió Pen cuando volaron por el aire. Luego el teléfono de Pen sonó. - Encárgate por un minuto. - dijo Pen y respondió la llamada.

-No, el castillo también está seguro ahora. Nos encargamos de Brule y ahora estamos llevándolo de regreso al lugar. - dijo Pen al teléfono. - ¿Qué quieres decir con que casi matas a Arket? ¿Sabes qué? no vayas a hacer eso. Escúchame, Arket es la princesa Tatiyana, así que no mates a ninguno de ellos. Esto es mi culpa. No merecen morir por eso, nadie lo merece. - respondió Pen.

- Bien, vayan a algún lugar seguro y los volveré a llamar cuando termine aquí. - dijo Pen y cortó. - Debemos averiguar de dónde provienen esas armas. - dijo Pen al guardar el teléfono. Notó que la niebla negra alrededor del castillo ya casi había desaparecido y comenzó a considerar que debería haber dejado a esta para el final. Ahora todas las autoridades iban a intentar retomar el control del reino.

Pronto la vista familiar del escondite estaba debajo y comenzaron a aterrizar.

Tinea aterrizó en el escondite. - Juro que saldré de aquí y cuando lo haga los voy a desintegrar en el olvido. - Brule solo podía gritarles amenazas vacías. Pen golpeó a Brule contra el suelo. - Cállate, nieblita. - le respondió. - ¡Auch!, eso fue agresivo. - respondió Brule. Pen se sintió un poco mal por haberlo hecho.

Colocó la espada al lado de Sholtan. Encajó perfectamente. Justo como Pen lo había pensado, nadie había estado aquí según lo que podía ver.

- No te preocupes, sin una fuerza vital a la que aferrarnos, nos volvemos a deslizar hacia el vacío bastante rápido. Sholtan ya no está. - dijo Tinea y se alejó.

- Digo que vayamos por Arket ahora. Según Shane, es débil. - le sugirió Pen. - Esta princesa...reaccionaste de una manera extraña cuando te enteraste que era su cuerpo el que Arket estaba usando. - respondió Tinea, poniéndolo en aprietos.

- Sí...nos conocimos por como cinco segundos antes de que todo esto empezara. Es bastante genial, incluso juega el mismo juego que yo online, pero eso es todo lo que sé. - respondió Pen apurado y a la defensiva. - Bueno entonces, está arreglado. Vayamos a salvar a la princesa de la llama cósmica. - dijo Tinea y Pen sonrió. - Sí, tenemos que encargarnos de esto ahora. - Pen estaba aliviado, sonrió un poco.

- Pero tenemos que tener cuidado. A Arket le gusta arriesgarse, usa el fuego como una segunda piel. Fácilmente podríamos lastimarla en el proceso de la batalla. Incluso matarla. - le advirtió Tinea y la sonrisa de Pen desapareció enseguida. - Por eso es que escapamos. No querías lastimar al huésped, tiene sentido. - dijo Pen, luego su teléfono volvió a sonar y lo atendió.

- Sí, esa es exactamente la razón. - respondió, mintió. Su única razón para querer escapar fue porque no quería que la derritiera. A Tinea no le importaba ninguna princesa.

- Pen, no sé qué es lo que sabes sobre las espadas, pero encontramos una y quizás quieras acercarte. Esta tiene que ser la siguiente. - dijo Shane y en el fondo pudo escuchar el sonido de algo que se desmoronaba.

- ¿Qué está pasando? Cuéntame. - dijo Pen al teléfono con una intensidad inusual. - Es una gigante. Tenemos que salir de aquí. Estamos en el Paso Soctos intentando regresar a Vasaria. Solo ven aquí. - dijo Shane y cortó.

- Escuché cada palabra, tú diriges. - dijo Tinea y despegaron tan rápido como ella podía ir.

- El paso es fácil de encontrar y... - Pen se cortó porque desde esta altura podía ver cuál era el problema. - Dios santo, ¿qué es eso? - Preguntó Pen ni bien lo vio. Una gigante caminando entre los edificios, tenía que medir al menos veinticinco metros de altura. Era blanca, cubierta con líneas rojas horizontales. Tenía la cara tiesa con una mueca torcida de lado a lado de la cara. Los ojos eran de un brilloso rosado ardiente y su cuerpo entero brillaba. El sol casi se había ido, pero ella producía su propia luz. Le recordaba a una lámpara veladora con forma de payaso que tenía cuando era niño. También lo asustaba en ese momento.

- Esa sería Lumic. - dijo TInea y Pen se frenó, flotando en el aire. - Mmmh, como que es grande. ¿Cómo deberíamos encargarnos de esta? - Pen estaba preocupado cuando Lumic blandió su espada igual de enorme contra y a través de un edificio, haciendo que se viniera abajo de un solo ataque.

- Alguien la debe haber hecho feliz. Lumic es, por falta de un mejor término, bipolar. Cuanto más feliz está más grande se hace y así. - le explicó Tinea. - Excelente, es bipolar y una gigante, vamos a pasarla genial. Manos a la obra. Capaz que puedo calmarla un poco. - dijo Pen y los dos volaron hacia la gigante.

- Buena suerte. - le dijo TInea cuando volaban por el aire hacia la gigante con aspecto de payasa. Debido a su gran tamaño el viaje hacia ella no pareció tomar demasiado tiempo.

- Oye, Lumic, ¿qué es eso de andar derribando edificios? - Pen le preguntó con la voz más alta que pudo invocar para captar su atención. Lumic giró la cabeza y los miró.

- Tinea, ¿eres tú? ¿Cómo estás, amiga, encontraste un buen huésped para ti? Ella le preguntó con una voz sorprendentemente baja.

- Sí, pero en serio, ¿por qué estás derribando edificios? - Tinea le volvió a preguntar. - Solo estoy pasándola bien. He estado tan deprimida desde que quede libre. Sin un propósito, ¿entiendes? Vi lo que el resto de ustedes estaban haciendo y decidí que podía hacerlo igual de bien también. ¿Cómo lo estoy haciendo hasta ahora? - Lumic le preguntó con emoción.

- Bueno, tengo malas noticias. Resulta que no se suponía que fuéramos liberadas todavía y todos estaban haciendo cosas muy malas. Así que decidí difundir el mensaje de que necesitamos volver a ser selladas. - le dijo Tinea, esperando lo mejor con esto.

- Tinea, pareces diferente. No tomaste el control completo sobre tu huésped, ¿verdad? - Preguntó Lumic y entrecerró los ojos.

- No, no lo hice, pero está diciendo la verdad, no es nuestro momento para estar libres todavía, así que si simplemente regresaras... - Lumic blandió la espada contra Tinea con una velocidad sorprendente. Ninguno lo vio venir. Al último segundo Tinea la esquivó hacia la izquierda, evitando el ataque, pero la espada alcanzó a rozarle el hombro.

- Un golpe bueno y estamos muertos. Puede cortarnos a la mitad sin siquiera esforzarse. - dijo TInea. - Nunca lo hubiera imaginado. - respondió Pen.

La espada gigante golpeó el suelo tan fuerte que los edificios cercanos simplemente se desmoronaron hasta el suelo al impacto, pero Lumic ya no estaba.

Pen no pudo evitar pensar en que sus amigos estaban en alguna parte ahí abajo. - Eso fue demasiado rápido. - dijo Pen y no pudo encontrar a Lumic por ninguna parte que mirara. - Detrás nuestro. - gritó Tinea y voló hacia la derecha. La espada golpeó y cortó profundamente el suelo otra vez. El impacto rompió ventanas instantáneamente y dañó a los edificios otra vez los cuales colapsaron, quedando en ruinas.

- Deja de hacer eso, mis amigos están ahí abajo. - Pen le gritó al gigante, pero otra vez estaba fuera de su vista.

- ¿Cómo puede algo tan grande moverse así de rápido? - Pen preguntó lo que estaba pensando. - Lumic es la espada de la energía positiva o, ya sabes, básicamente la luz. Ni siquiera se está moviendo de cerca tan rápido como podría. El tamaño no significa nada para ella en lo que se refiere a velocidad. - le respondió Tinea.

- Vamos, no me digas. ¿Cómo se supone que venceremos a algo como eso? Ni siquiera tiene lógica. - dijo Pen cuando Lumic los agarró con la mano izquierda y los comenzó a estrujar. Lumic era poderosa. Su agarre en cualquier otro momento hubiera significado el final para ambos. Tinea y Pen reaccionaron lo suficientemente rápido e invocaron la fuerza de Sholtan, le abrieron los dedos y volaron lejos de su alcance.

- ¡Guau! Eres lo suficientemente fuerte para hacer eso, estoy impresionada. Me gusta estar impresionada, me pone más feliz. - dijo Lumic y Pen observó como crecía otros tres metros enfrente de sus ojos.

- Uh, perfecto, Lumic debe ser de una unidad de LION. - dijo Pen cuando intentaba pensar qué hacer acontinuación. - ¿Qué es una unidad LION? - Le preguntó Tinea.

- Del tipo militar, operaciones especiales y probablemente de las pocas personas que te respetarían y se sentirían más atraídas a ti si te las ingenias para derrotarlos en una batalla. En resumen, locos. - le respondió Pen.

- Tiene sentido, Lumic desde siempre ha sido un poco descentrada. - concordó Tinea.

La conversación demostró ser entretenida. Al olvidar lo rápida que era Lumic, cuando quisieron buscarla no la pudieron encontrar. En serio. ¿Cómo seguimos perdiendo una gigante pintada como una payasa? - Preguntó Pen y giró sobre sí mismo solo para ver más edificios en ruinas. Intentó encontrar ese brillo constante, pero no lo pudo ver por ninguna parte.

- Quizás se aburrió y se fue. - sugirió Tinea. - Sí, pero ¿ir adónde? - Pen continuó mirando y estaba un poco impresionado con lo rápida que era.

- Estoy por aquí. - dijo Lumic con una risita y salió de entre los edificios. Se había escondido entre la nieve que cubría el paisaje demasiado bien.

- Genial, ahora ven aquí y déjanos ayudar... - Lumic silenció a Pen al levantar su enorme espada y lanzarle una luz resplandesciente cegadora.

CAPÍTULO VEINTIDÓS

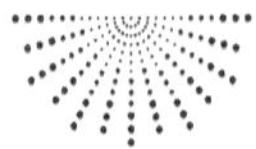

Pen se despertó en un lugar extraño, el cielo era verde y lleno de estrellas de colores.

- ¿Dónde terminé? Capaz que estoy muerto. - dijo Pen al levantarse y rápidamente se dio cuenta que era él mismo nuevamente, sin usar ninguna armadura de plata. - No, no estás muerto, y yo tampoco. - dijo una voz detrás de él. Pen se dio vuelta y vio a su padre otra vez, justo como antes en el sueño.

- Tú y yo debemos hablar porque la conexión no durará mucho aquí. - dijo y Pen quedó impactado. - No desaparecí en mi último viaje a La Distancia, me atraparon. - dijo y Pen no entendió.

- Ya no son débiles, no como lo eran en el pasado. Un día al año tienen suficiente poder para salir de sus reinos para juntarse y armar un plan. Pen, tú eras su plan, todo esto se suponía que pasara. - le dijo con una sonrisa que no hizo sentir a Pen para nada mejor.

- Bien, es hora de preguntas y respuestas. - le dijo su padre intentando hacerlo entender. - Los dioses forjaron las espadas e inventaron toda la historia, no hay oscuridad, ni cerradura. Nada. Los dioses sabían que un día sus poderes se debilitarían así que su plan fue conseguir a algún idiota para abrir una de las espadas, pero nadie nunca lo hizo. La tradición es fuerte para los mortales. - le dijo y Pen se sintió todavía peor.

- Yo averigüé su plan, me raptaron y me trajeron aquí para que no pudiera contarle a nadie y mataron al resto de mi equipo después de que no prometiésemos mantener el juramento de silencio. - le dijo intentando que todo tuviera sentido lo mejor que podía según él lo entendía.

- ¿Por qué no te mataron a tí? - Le preguntó Pen. Su padre simplemente sonrió.

- Siguen haciendo lo imposible, creéme, pero se olvidan que soy un Caballero Antaciano y con lo débiles que están ahora mismo, no pueden perder tanto poder en un viejo como yo. Por lo que me pusieron aquí en el vacío. Pero están ganando fuerza. - respondió y Pen sonrió.

- ¿Qué hago? Estas espadas no son malvadas, pero actúan como si lo fueran. le preguntó Pen. - Sigue con el plan, hijo, pero recuerda que las espadas no son malvadas. También han sido engañadas, como todos los demás. Tinea es la única que no ha sido engañada. - lo cortó un estruendo distante.

- Elrox está viniendo. Será mejor que despiertes y ayudes a luchar a Tinea el resto de la guerra. - dijo su padre y con una sonrisa su visión se puso completamente blanca.

Pen despertó con el cuerpo lleno de dolor.

- ¿Qué pasó? ¿Qué nos golpeó? - Preguntó Pen, pero no obtuvo respuesta. Lo que fuera que los había golpeado, había noqueado a Tinea también. - Muy bien, esta me toca a mí, tú pásala durmiendo. - dijo Pen y se puso de pie con un quejido. Salió volando por el agujero que había en la pared en frente de él hacia el cielo. Lumic lo estaba esperando.

- Muy bien desproporcionada chica payaso, hora de hablar de negocios. - dijo Pen cuando lo hizo. La gigante levantó la espada nuevamente. La última vez que hizo eso sintió dolor y hubo una luz cegadora. Pen captó lo que iba a ocurrir y no esquivó nada, pero su instinto fue bueno. Pen fue testigo de cómo la luz más destructiva del mundo cortaba el edificio, en el que recién había estado, a la mitad.

- Bueno, supongo que la única forma de esquivar la velocidad de la luz es antes de que la luz salga. - dijo Pen para sí mismo al cargar contra ella. Con algo de concentración logró transformar las manos en espadas. Le enterró las hojas en el hombro izquierdo. Salió luz por las heridas, pero ella ni siquiera lo sintió.

- Lumic, escúchame. Sé que crees que eres parte de un sistema de llave y cerradura, lo sé, pero no es verdad. Nada de esto lo es. Estás siendo usada. - le gritó Pen y sacó las espadas. Las heridas se curaron instantáneamente al hacerlo.

- ¿Usada cómo? Prolexa no me mentiría, siempre me ha dicho la verdad. - dijo Lumic y enterró la punta de su espada en el suelo para escucharlo. - No, no entiendes. Los Dioses las están usando, no para encerrar una oscuridad primordial, sino para ganar poder para ellos mismos. Todo es muy complicado, pero cuanto más destruyes, más fuertes se hacen. A ellos no les importan, son solo una herramienta y son más que eso, claramente. - le respondió Pen, intentando sonar lo más honesto que podía.

Lumic miró toda la destrucción que había causado. - ¿Cómo puedo creerte? - le preguntó ella. - ¿Puedes decirme honestamente que te sientes bien matando y arruinando las vidas de estas personas? Digo, afróntalo, parece que disfrutas de pasar un buen rato, pero ¿cómo algo de esto puede ser bueno? - Le preguntó directamente al ponerse de pie frente a esa mueca retorcida que nunca se movía. Lumic miró alrededor a la destrucción que crecía.

- Prolexa siempre decía que los mortales estaban llenos de miseria y que la mayoría deseaban estar muertos igual. Les estoy haciendo un favor. Mi creador no me mentiría. - le respondió y Pen pensó rápido y se le ocurrió un plan.

- La vida no es perfecta, pero es bastante buena dentro de todo. Entonces ¿qué tal si haces un trato conmigo? Si te sello, cuando todo esto termine, hablaremos y te mostraré qué tan buenas pueden ser las cosas realmente. - le dijo Pen, casi esperanzado. Lumic se dio cuenta lo que estaba haciendo e imaginó lo que sentiría si todo esto se lo hubieran hecho a ella.

Sacó la espada del suelo y la vaina apareció a su lado. Lumic guardó la espada dentro y la cerró. Ni bien hizo esto hubo un resplandor de luz.

Pen se cubrió los ojos solo por un segundo. Para cuando pudo volver a ver la gigante se había ido. Pen bajó flotando hasta los escombros y encontró a una mujer acostada allí con un vestido naranja. Al lado de ella había una vaina de espada blanco marfil con un tenue brillo en ella.

- Debe ser la señora Antigone, una caballera de la raza Gigante. - dijo Pen para sí: - Medio pequeña para ser Gigante, ¿no crees? - Le preguntó Tinea cuando por fin se despertó. - Los Gigantes pueden cambiar su tamaño. Se ven igual que los humanos, solo más musculosos por naturaleza. - dijo Pen y continuó: - Ah, y bienvenida nuevamente. - finalizó Pen al recoger a Lumic. - ¿De verdad vas a cumplir tu promesa? - Le preguntó Tinea.

- Sí, no creo que tú o cualquiera de las demás espadas sean realmente malvadas. Pero me he enterado, ¿por qué tú eres tan diferente? - Le preguntó Pen mientras sostenía a Lumic en la mano izquierda. - Porque no estaba interesada en creerme las mentiras. Taro no engañó a los dioses solo para divertirse. Él sabía que un extraño sería elegido algún día. Estoy segura de que te eligieron por tu ignorancia general sobre las reglas. - le dijo Tinea.

Pen solo suspiró cuando ella confirmó lo que la visión le había mostrado. - Bueno, voy a hacer que se arrepientan de haberme elegido. Tú y yo vamos a hacerles pagar a estos Dioses por todo esto. - dijo Pen cuando sonó el teléfono. Se preguntaba cómo seguían funcionando las redes móviles a pesar de todo lo que estaba pasando.

Lo atendió.

- Fuiste épico, amigo, sorprendente. No sé qué hiciste, pero fue asombroso. - dijo Shane tras haber visto todo lo sucedido. - Gracias, ¿dónde estás? - Le preguntó Pen. - Estamos caminando detrás de ti. - dijo Shane y Pen se dio vuelta para verlos. Cortó el teléfono.

- Recuerda, me prometiste que me enseñarías todo una vez que esto termine. No te olvides de mí. - dijo Lumic desde la espada y Melissa la miró. - Yo te enseñaré todo personalmente cuando todo esto termine. - le dijo Melissa. - Ah, gracias, lo espero con ansias. - Pen miró la espada que tenía en la mano y se la tiró a Melissa.

- Ustedes tendrán mucho de qué hablar entonces, háganse amigas. - dijo Pen y Shane se quedó impresionado. - ¿Estás seguro de que eso fue una buena idea? - Le preguntó Shane cuando Tinea robó unos rayos de energía lumínica de Lumic justo antes de que Melissa la atrapara.

- Sí, creo que es una idea genial. Tres menos. Quedan cuatro creo. - le respondió Pen. - ¿Me vas a volver a sellar cuando termines? - Le preguntó Tinea. - No. He mejorado estando junto a tí. Creo que te mantendré cerca siempre y cuando sigas haciendo el desayuno. - dijo Pen riéndose. - No, estoy bromeando, pero me agradas y no volveré a sellarte. - dijo Pen y sintió como si Tinea sonriera.

- Llevemos a Lumic de regreso al escondite donde estará más segura por ahora. - les dijo a Pen y salió flotando.

- No podemos volar, recuerda. - le dijo Melissa mientras lo miraba. - Cierto. Me olvidé. Ya me he acostumbrado a esto. - dijo Pen y suspiró.

- ¿Lumic va a estar segura contigo por ahora? Tengo el mal presentimiento de que las espadas que quedan ya saben que algo anda mal. - les dijo Pen cuando se quedó mirando a lo lejos.

- Sí, la mantendremos segura. Tú ve y has lo que tienes que hacer. todo lo que deseo es ir a casa. - respondió Shane. - Ya vamos la mitad. No tardaremos mucho ahora, lo prometo. - dijo

Pen y voló derecho hacia arriba tan rápido que ninguno de ellos lo vio irse.

- Sorprendente. - dijo Melissa, impresionada por su velocidad.

Pen ni siquiera tuvo tiempo de pestañear antes de que estuvieran en lo alto encima de la ciudad. - No más café para tí. - le dijo Pen mientras todavía estaba ajustándose a la altura repentina. - Es la velocidad que copié de Lumic. Diría que fue una buena decisión, ¿no? - Le preguntó Tinea. - Velocidad y fuerza, te digo que me siento casi invencible. - dijo Pen con una sonrisa. Se dio vuelta para ver la última luz del crepúsculo vespertino. Estaba color rojo sangre.

- Oye, este, por casualidad no conoces al siguiente por el cual deberíamos ir, ¿no? Pen le preguntó decidiendo que quizás Arket podría esperar. - Eres el señor invencible, tú dime. Y realmente no debería importarte, ¿no? - Tinea le preguntó sarcásticamente.

- Bien, se te entiende. La arrogancia mata, entiendo, pero en serio, ¿cuál es tu sugerencia? - Pen volvió a preguntarle. - Bueno, si me preguntas hay una espada de la cual no hemos evidenciado nada, y como que me está preocupando un poco también. - le respondió. - ¿Y quién sería ese? - Pen estaba intentando que lo dijera de una vez.

- Ventrix. - le dijo cuando el cielo se oscureció.

- Cuéntame. ¿Qué es lo que hace Ventrix? - Pen quería saber más y estaba cansado de hacer tantas preguntas.

- Ventrix es el opuesto a Lumic. La espada de la energía negativa, o, tú sabes, los muertos vivientes. Ni los vampiros y el resto de su clase ni yo hemos visto una señal de él en alguna parte. - le dijo y le preocupaba un poco.

- Para ser sinceros, tampoco vimos a Lumic hasta ahora. Cada una de las espadas parece ser diferente en la manera que actúan. Quizás Ventrix se dio cuenta de esto y decidió mantener un perfil bajo. - dijo Pen y Tinea no lo creyó.

- Tal vez, pero lo dudo. Es más probable que él haya advertido que los demás fueron liberados y solo se está escondiendo. Este tipo es una de las espadas más hambrientas y poderosas que conozco. Traicionaría a cualquiera a excepción de Zolar para conseguir lo que quisiera ahora que está libre por ahí. - le respondió Tinea.

- ¿Son amigos? - Bueno, vayamos por Zolar primero. Capaz que eso provoca que Ventrix se muestre, sabes, que busque venganza y todo eso. - Pen sugirió el plan y continuó. - ¿Alguna vez enfrentaste a un vampiro en la noche? es un suicidio. - Tinea hizo una pausa y luego se dieron cuenta al mismo tiempo.

- Esperó a que se pusiera el sol, vaya que somos malos en esto. - dijo Pen y ahora estaba más preocupado que nunca por la noche.

- Deberíamos esperar a que se haga de día para buscarlo. - dijo Tinea y Pen se dio cuenta que después de todo lo que pasó en el día, estaba cansado, hambriento y solo necesitaba un descanso. - Tienes razón. Busquemos un lugar para descansar por un rato. No podemos ir a casa ni al castillo. Allí parece que hay un buen lugar para ir. - dijo Pen y señaló a lo que parecía un edificio vacío de oficinas que estaba prácticamente intacto.

- Hay tantos edificios vacíos por aquí. - dijo Tinea cuando comenzó a flotar hacia él. - Sí, los desastres tienden a hacer que las personas escapen y se escondan, pero no me arriesgaría a decir que está completamente vacío. Está helado aquí afuera y la gente estará en cualquier lado en el que pueda estar cálido. - respondió Pen y agarró el teléfono para llamar a Shane, quien atendió después de que sonara dos veces.

- Oye viejo, nos estamos tomando un descanso. Escucha, ustedes también deberían descansar en algún sitio. Recién me enteré que Ventrix está por ahí afuera y esta noche podría volverse un patio de juegos para muertos vivientes o algo así. - dijo Pen al teléfono.

- Gracias amigo. Encontraremos un lugar para escondernos. Nos vemos después y manténganse a salvo. - dijo Shane. - Tú también. - respondió Pen y cortó.

Tinea no se molestó en usar la puerta principal. Simplemente rompió el vidrio de una patada y se instaló en el piso. - Vayamos al siguiente piso de abajo. - dijo Pen mirando la ventana rota. Tinea caminó hasta la puerta y encontró unas escaleras. No tardaron mucho en estar nuevamente en una sección sellada del edificio.

En un instante, Pen se dio cuenta de que era normal nuevamente y de que Lana Volente estaba parada al lado de él. Pen se frotó la parte de atrás del cuello, y respiró profundamente. - Voy a ir al baño, deberías buscar algo para comer por ahí ya que tú tienes la súper velocidad. - dijo Pen y se alejó caminando.

- Muy bien, te vuelvo a encontrar aquí. - dijo y desapareció. - Buena suerte. - dijo Pen y se alejó para encontrar un baño que funcionara e incluso aunque estaba oscuro aquí, esperaba que la energía todavía estuviera funcionando y las luces solo estuvieran apagadas.

CAPÍTULO VEINTITRÉS

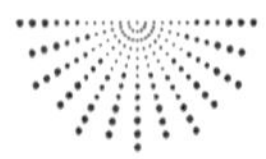

Shane y Melissa estaba caminando por una calle oscura que solo se hacía más oscura, y ninguna de las luces de la calle se estaba prendiendo. Se escuchaban voces que hacían eco en la noche. Gritos también. Los estaban haciendo sentirse incómodos de estar afuera. Con armas o sin ellas, en la oscuridad eran blancos fáciles igual que cualquier otro.

- Vamos, deberíamos instalarnos en esta casa de aquí. - dijo Melissa y señaló una casa pequeña y blanca que no presentaba indicios de que viviera alguien más. La mayoría de las casas que pasaron eran igual, de todas maneras. - No podemos entrar por la fuerza a cualquier lado que queramos. ¿Qué pasa si hay alguien dentro? - dijo Shane mientras estaba con escalofríos. Ahora que había una pausa en la acción, los elementos por fin le estaban haciendo efecto.

- ¿Sabes qué?, es mejor que estar aquí afuera, ¿no crees? Además si los dueños vuelven, simplemente les podemos explicar lo que está pasando. No pasará nada. - le dijo mientras caminaba por el pasaje hacia la puerta.

- Bien. Tú tienes la armadura. Tú vas primero en caso de que prefieran dispararnos en vez de solo decir hola. - dijo Shane mientras ella se acercó a la puerta y golpeó. Ninguna de las luces estaban prendidas y estaba segura que nadie estaba en casa. - Orox. - dijo en voz baja y la puerta se abrió.

- No hay nadie en casa, vamos. - dijo y fue hacia adentro. - Todavía no lo sabes. - le respondió Shane, pero ahora mismo estaba dispuesto a correr el riesgo.

Shane la siguió y cerró la puerta.

- Esa magia es una cosita estupenda que tienes. - le dijo pensando en todas las formas en las que la podría usar para hacerse rico. - Sí, me gusta. Valieron totalmente la pena todos los años que pasé aprendiendo. - respondió ella y prendió la luz. Shane volvió a apagar el interruptor enseguida.

- Mantener un perfil bajo no se trata de prender las luces y mostrarle a todo monstruo posible que acecha en la calle la casa en la que estamos. - le dijo Shane precipitadamente.

- Sí, pero todavía necesitamos ver así que prendamos las luces hasta que el sol se vaya completamente. Preferiría no entrar en pánico intentando desenvolverme por aquí cuando lo necesitemos. - le respondió, un poco regañándolo.

- Está bien, pero intentemos que no nos coma un monstruo o nos mate una espada, así que hagamos esto rápido. - le respondió Shane y ella suspiró y se sacó el casco. - Necesito una ducha y una siesta. - le dijo cuando Shane se sentó en un sillón.

- Sí, yo también. - dijo Shane cuando depositó a Lumic detrás de la puerta principal. Caminó por el pasillo y encontró el baño. - No hay ventanas aquí. Voy a dejar la luz prendida mientras hago esto. - le dijo a través del pasillo.

- Perfecto, simplemente me voy a sentar aquí, solo en la oscuridad, en una casa de extraños. - dijo Shane y deseó que este lugar no estuviera embrujado o fuera el hogar de alguien que estuviera demente y volviera más tarde.

Miró a su alrededor, pero no vio nada que indicara que gente loca viviera aquí. Todo parecía bastante normal. Fotos de niños en las paredes. Esta casa pertenecía a una familia de Trolls. Brevemente se preguntó adónde fueron.

Se acercó y cinchó de las tiritas de las cortinas. Al estar

cerradas hacían que la habitación pareciera todavía más oscura cuando los últimos rayos de sol desaparecían. Se sintió feliz de no tener que levantarse para cerrar las cortinas. Estaba demasiado exhausto y la idea de levantarse hacía que le doliera todo.

Melissa estaba en la ducha, sorprendida de que la presión del agua y el calentador todavía funcionaran. A pesar de toda la destrucción, muchas cosas permanecían intactas. No es que se quisiera quejar por eso mientras se enjuagaba el jabón y cerraba el agua. Se secó y se puso la ropa que tenía puesta antes bajo su armadura y salió hacia el pasillo oscuro.

Regresó a la habitación principal y vio que Shane se había dormido en la silla. No lo molestó y prendió la televisión, esperando que el brillo tenue de la televisión no atrayera a nadie. Echó un vistazo entre las cortinas y no vio nada así que se sentó en el sillón y cambió de canales hasta que encontró uno que todavía estaba al aire.

- Desde que las espadas fueron liberadas en la ciudad, la gente ha estado yendo a las iglesias en masas por parte de las ocho religiones más importantes. Las personas han venido de a miles. Todos rezando por la salvación y rogándole a los dioses que vengan a salvarlos ya que la gente ha perdido la esperanza en este día de desesperación. - dijo el reportero y la cámara enfocó lentamente a un océano de personas de todas las razas, sosteniendo velas y la mayoría rezando por algo.

Melissa recordó lo que Pen le dijo a Lumic durante su pelea y ahora todo se estaba volviendo realidad tal como él dijo que pasaría. Miró la espada blanca en el rincón y se preguntó por cuánto tiempo se habían ido cualquiera de ellos.

Pen regresó a la oficina y Tinea estaba esperándolo con bolsas de papas y varias barritas dulces sobre un escritorio. - Gracias, la súper velocidad tiene sus ventajas - dijo Pen y Tinea sonrió.

- La máquina expendedora de abajo va a necesitar reparación, pero sí, tiene sus beneficios. - le dijo con una sonrisa. - Tinea, ¿tú comes, aunque sea un poco? - Le preguntó Pen. - Podría intentar, pero no lo necesito en realidad. - le respondió ella.

- Sí, deberías probar las papas. Te gustarían. - le dijo Pen y le lanzó una bolsa pequeña. Ella la atrapó y la abrió todo al mismo tiempo. - Huelen extraño, pero bueno. - dijo Tinea y metió la mano, sacó una papa y la comió. Pen abrió su propia bolsa y comió. A diferencia de su compañera de metal, no se había dado cuenta de lo hambriento que estaba y ahora estaba bastante seguro que estas papas no iban a ser suficiente, pero iban a tener que bastar por ahora.

- Estas cosas no están tan mal, pero no creo que vaya a adquirir el hábito en un futuro próximo. Después de veinte minutos de papas, Pen estaba más que harto de ellas.

- Muy bien, es hora de descansar un poco. He estado despierto por demasiado tiempo ya y si no descanso un poco todos van a tener un mal día. - dijo Pen y se sentó en una silla de oficina que era más cómoda de lo que parecía. - Buenas noches, Tinea. - dijo Pen y cerró los ojos. Después de un día de batallas contra espadas del demonio, estaba lo suficientemente cansado como para dormir en cualquier parte.

- Buenas noches, y no te preocupes por nada, voy a quedarme de guardia. - le respondió, y luego desvió su atención a la ventana.

A pesar de ser una ciudad, ahora mismo estaba completamente desierta. Ni bien se durmió, sin embargo, ella decidió darle una visita en sus sueños y cerró los ojos.

Pen despertó en un lugar extraño. El cielo era violeta y el suelo rojo. A lo lejos, había montañas de formas extrañas, cuyos picos desaparecían tras una niebla anaranjada oscura que no parecía moverse.

- ¿Qué? ¿Dónde estoy ahora? - Preguntó Pen al mirar a su alrededor. - Estás en el vacío con nosotros. Aquí es adónde vamos cuando estamos sellados, así que piensa en esto como tu mundo virtual en internet. - le dijo Tinea. Se veía como la versión de armadura que reflejaba a la cual se había acostumbrado. Él estaba un poco sorprendido de verla también.

- Oye héroe, ¿cómo va? - Le preguntó Sholtan y caminó hacia él. Se veía igual que antes. - Estoy bien, supongo, ¿y tú? - Respondió Pen, pero todavía se sentía muy extraño con todo esto.

- Estoy bien. Brule todavía está molesto por haber sido derrotado, pero ya entrará en razón. - le dijo Sholtan y le dio una palmada en la espalda. Pen se tuvo que aguantar para no caer por el impacto.

- ¡Pen! ¡Qué bueno verte! ¿Cómo estas? No te lastimé mucho cuando te golpeé, estás bien, ¿verdad? - Dijo Lumic con una voz frenética mientras corría hacia él. - Bueno, chispitas, todo bien. Tinea me cuidó bien. Sin resentimientos, todo bien. - respondió Pen con los ojos bien abiertos cuando enseguida una armadura de tres metros apareció corriendo hacia él con los brazos levantados.

- ¡Por favor no me arrolles! - dijo desesperado.

Lumic resbaló hasta frenarse, parecía estar feliz de verlos.

- Me alegra que Tinea te cuide. Ella es muy buena cuidando a la gente. - dijo Lumic enseguida. - Sí, sí, lo es. Ha sido una excelente amiga. - respondió Pen y miró hacia las montañas. - ¿Qué hay allá, más allá de las montañas? - Les preguntó Pen.

- Ah, ahí viven las prohibidos. Tres espadas particularmente malhumoradas que están bajo reglas diferentes. Nosotras las dejamos solas y ellas hacen lo mismo con nosotras. - dijo Sholtan, observando a lo lejos.

- Sí, esas espadas son las realmente aterradoras. Intentamos mantenernos lejos de esas montañas. - dijo Brule mientras caminaba para volverse a juntar con el grupo. Puso nervioso a Pen. - Elrox no me ha dicho una palabra desde que me volvieron a sellar. No entiendo por qué, pero me pone muy triste. - dijo Brule y Pen se giró para mirarlo.

- Muy bien, los dejaremos solos, pero la verdad es que todas están siendo usadas. No hay ninguna oscuridad terrible y superior, ni una razón para tener un nuevo mundo. - le dijo Pen y Brule no podía creerlo.

- No sé cuál es su relación con sus creadores, pero algo no está bien con todo esto. Si ellos hablaban con ustedes y lo dejaron de hacer, ¿no creen que eso es una gran pista de que algo anda mal? Para nosotros, todos, ustedes son todos monstruos. La historia como yo la entiendo es que todos ustedes no son más que pura maldad. Yo creo que a ustedes lo único que les pasa es que los manipulan. - les dijo Pen.

Los tres se miraron unos a otros. Estaba claro que se sentían incómodos.

- Es cierto, amigos, de verdad. Tienen suerte de que Pen no las rompió cuando podría haberlo hecho. - dijo Lumic más rápido que nunca. - Sí, este, lamento toda esa tontería de antes e intentar matarte. - dijo Brule y miró para otro lado, pero Pen solo sonrió.

- Oye, no te preocupes por eso, está todo perdonado. - le respondió Pen y comenzó a sentirse mejor. - ¡Bien! Ahora todos podemos ser amigos y... - Lumic desapareció en medio de la oración. - ¿Eso es normal? No se siente normal. - dijo Pen y se preocupó.

- No, no lo es. Pen, tus amigos están en problemas. Debemos regresar ahora. - dijo Tinea y Pen despertó en la silla.

Tinea ya estaba de pie esperándolo. Pen se puso de pie, pero al estar medio dormido no fue para nada rápido. - Vámonos, ya podría ser demasiado tarde. - dijo Tinea y corrió hacia él. Al tomar su mano se volvió a convertir en la armadura que lo rodeaba en un segundo. Los dos volaron por la ventana en un instante.

- Alguien ha liberado a Lumic otra vez. Tus amigos están en serios problemas. - dijo Tinea y Pen usó el teléfono para intentar llamarlos, pero no hubo respuesta. - ¿Puedes encontrar a Lumic? - Le preguntó Pen mientras volaban por el cielo.

- Sí, puedo desde que copié sus poderes. No te preocupes, estamos en camino y estaremos allí en unos segundos, pero tengo malas noticias. - le dijo. - ¿Qué tipo de malas noticias? - Preguntó Pen y ya sabía qué era lo que le iba a decir, o estaba bastante seguro.

- Es una trampa hecha para nosotros. Las otras espadas están enojadas y saben que estamos yendo. ¿Qué deberíamos hacer? - Le preguntó Tinea, pero prácticamente sabía cuál sería la respuesta.

- Nos comemos la trampa y los hacemos entender o morimos en el intento. - Pen le respondió lo único que se le pudo ocurrir. - Me parece bien. Hacerlo de manera heroica siempre es una buena forma de hacerlo. - le respondió mientras volaban por el cielo a una velocidad increíble.

CAPÍTULO VEINTICUATRO

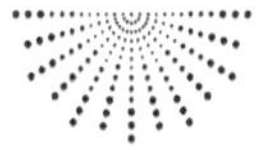

Melissa despertó en el sofá. La luz entraba a través de las cortinas desde afuera. - ¿Ya es de mañana? - Preguntó al aire. A pesar de lo que estaba viendo, sentía como si no hubiera dormido tanto.

- No, ese no es el sol. - le respondió una voz desde el rincón de la habitación. Se puso tensa inmediatamente, y se enderezó. - ¿Pensaste que podías esconder a mi hermana cuando se enciende tan brillante? No, eso no es posible. - dijo Ventrix y salió de las sombras. Era alto, negro y rojo, pero a diferencia del resto de las espadas que habían visto hasta ahora, su armadura se veía más como una obra de arte que como un arma de guerra. Le quedaba perfecta.

- ¿Quién eres? - Le preguntó ella en voz baja. - No quieres despertar a tu amigo, hablando tan bajito. Soy Ventrix y tú, bueno ustedes, ustedes dos se las han ingeniado para dañar a Arket y nadie daña a mi familia. Nadie. - dijo y se movió hacia ella sin hacer ruido en absoluto.

Melissa se encogió en el sofá cuando se acercó, asustándose un poco más cuando se dio cuenta de que su arco estaba donde lo había dejado. - Bueno, si nos las arreglamos para lastimar a Arket, entonces te equivocas, pero debo admitir que al menos intentaste tener sentido. - le respondió. Ventrix se detuvo e intento procesarlo.

- Bien, corrección, nadie más lastimará a mi familia. - le dijo. - Ves, eres inteligente, así que déjame contarte algo. Sus creadores los abandonaron. Están completamente solos. Lumic sabe la verdad, puedes preguntarle. - le dijo Melissa, intentando pensar cosas para decir que podrían cambiar su forma de pensar.

Ventrix no se lo creyó y antes de que ella pudiera reaccionar, su mano negra la agarró del cuello y la levantó del suelo. - Ha estado escupiendo lo mismo desde que la liberamos, pero el problema con ella es que se creería cualquier cosa. Por mil años, la tuvimos convencida de que los unicornios eran en realidad algo bueno. Fue una locura. - dijo cuando el látigo de Shane se enroscó en el cuello de Ventrix.

- Déjala ir o te drenaré... - Shane dejó de hablar al mismo tiempo que su brazo comenzó a quedar entumecido. - ¿Tienes problemas, gran tirador? - dijo cuando Marchitar se alejó de él.

- Tengo poca energía vital para que consumas. Arket me advirtió de sus trucos. - dijo y Shane cayó sobre las rodillas al sentir su cuerpo muerto. - ¿Ya terminaron? - les preguntó a los dos y sin obtener respuesta, continuó.

- Genial, supondré que su silencio significa que sí y esa es una de mis palabras favoritas. - dijo Ventrix. Caminó hasta Shane, agarró la parte de atrás de su camiseta y los llevó a ambos hasta la puerta principal.

Los dejó a ambos en un banco de nieve en el jardín del frente. - Ahora quédense ahí. - les dijo. Melissa respiraba con dificultad y Shane todavía se estaba recuperando después del efecto que tuvo por haber atacado a Ventrix. Arket sostenía a Lumic en la mano izquierda y juntas eran difíciles de mirar.

- No, te lo estoy diciendo, los humanos tienen razón. Tinea sabe lo que está pasando, deberían preguntarle. - dijo Lumic desde la espada. - Sí, no te preocupes que lo haremos. Ventrix y yo iremos hasta el fondo de este asunto. - le respondió Arket con una voz exhaustiva. Ya estaba cansada de las preguntas.

- No se olviden de mí, yo también estoy aquí. - dijo Zolar parado un poco alejado. Tanta luz lo hacía sentir incómodo. - ¿Cómo alguien podría olvidarte? Le respondió Arket. - Bueno, no lo sé, pero pareció que pasó un poco. - dijo Zolar y se cruzó de brazos.

- Ve a jugar con un robot o algo así hasta que lleguen. Eres muy deprimente para mí. - le dijo Arket y dio vuelta los ojos. A veces no entendía cómo podía estar emparentada con estas espadas. - Bien, lo haré. - respondió y se alejó, pero no se fue muy lejos. Ventrix se estaba alejando de los dos que sacó de la casa cuando de repente desapareció.

- Ven, eh, ¿adónde fuiste? - Arket miró a su alrededor confundida por su truco de desaparición. Hubo un sonido en el cielo oscuro que sonó como metal rompiéndose. Arket miró hacia arriba y creyó que sabía qué era lo que estaba pasando.

- ¡Vamos! Tinea está aquí y todos ustedes van a ser apaleados ahora, ya verán y... - Lumic fue cortada cuando Pen y Tinea aparecieron cayendo sobre la calle, agrietándola al aterrizar de espaldas, y Ventrix bajó del cielo, aterrizando suavemente en el suelo frotándose el lado izquierdo de la cabeza.

- Un acercamiento directo. Me gusta. - dijo Ventrix y continuó. - Pero deberían haberlo pensado mejor antes de hacer eso. - finalizó y se deshizo de los efectos del ataque. - No creí que fueras lo suficientemente inteligente como para esperar que lo intentara. - respondió Pen al ponerse de pie.

- No te hablaba a ti, sino a mi hermana. - le respondió Ventrix. Ya molesto con los humanos, esto no ayudaba. - No, estoy de acuerdo con Pen. Usualmente eres más tonto que una caja de martillos. - le respondió Tinea y las manos de Ventrix comenzaron a arder con fuego negro.

- Muy bien, antes de que nos matemos necesitamos hablar de lo que está pasando aquí. - dijo Zolar al acercarse a los demás. - Lo que está pasando es que estos dos aquí en la nieve casi me matan. El chico hizo lo peor y la chica mató a todas mis chispas con ese arco que tiene. Demando su sangre. - Arket estaba enfurecida. Sus llamas se encendieron de cientos de colores diferentes cuando habló.

- Si quieres hacerles daño tendrás que pasar a través de mí, y ahora mismo realmente me gustaría que lo intentaras. - le dijo Pen, estaba más que ansioso por terminar con todo esto. - Y de mí también. - dijo Lumic, volando desde su mano y flotando al lado de Pen.

- Muy bien, esperen. Lumic siempre ha sido un poco loca, pero Tinea, ¿por qué estás ayudando a los mortales en vez de a tu familia? - Le preguntó Ventrix. Decidió que debería saber por qué estaba a punto de matar a alguien que conocía desde que tenía memoria.

- He leído su mente, sus sueños y los mensajes de su padre. Los dioses lo alejaron cuando descubrió su lugar de encuentro. No somos más que herramientas para permitirles abrir la puerta para regresar a este mundo. Al menos eso es lo que entiendo. - les dijo Tinea, una variante de lo que Lumic no paraba de decir todo este tiempo.

- Es verdad, nuestros creadores han estado inusualmente silenciosos desde que nos liberaron, pero solo pienso que eso fue porque fuimos liberados. - agregó Zolar.

- No me importa, quiero que esos dos mueran por lo que hicieron. Basta de hablar. - Arket levantó la mano y liberó una llama arco iris de colores en dirección a ellos. Tinea se movió para bloquearla pero Sholtan y Brule salieron del cielo, cruzaron sus espadas y bloquearon las llamas. Pen solo suspiró, cuando Lumic se liberó y todos estaban liberados nuevamente.

- No hermana, estos humanos son honorables. No serán quemados esta noche. - la voz de Sholtan salió de la espada. - Concuerdo. Deberíamos escuchar lo que tiene para decir. - agregó Brule. Arket detuvo las llamas.

- Bueno, supongo que ya no sé nada. Casi me mataron y a nadie le importa. - dijo Arket frustrada. - No moriste, así que ya relájate. - le dijo Zolar y sonrió.

Arket se lo quedó mirando y él retrocedió, pero no pudo evitar hacer otra cosa más que reír ante su reacción.

- Gracias, chicos. - les dijo Pen a sus salvadores más improbables, y estaba aliviado que finalmente estaba consiguiendo algo de apoyo en vez de ser todo el tiempo su enemigo.

- Tiene razón. Lo vi en televisión. Miles de personas se están reuniendo debido al temor por lo que hicieron. Eso les está dando a los Dioses todo el poder que necesitan para regresar a este mundo por más de un día a la vez y gobernarlo otra vez. - Melissa no tenía idea si eso era verdad, pero se sintió bien mientras ella y Shane caminaban para pararse al lado de Tinea.

- Arket, ¿no hay problema si me paro al lado tuyo? Tengo frío y tú estás caliente. - dijo Shane y con esto se ganó miradas de desagrado por parte tanto de Melissa como de Arket. - Bien, perdón por preguntar. - dijo. - Soro. - dijo Melissa y puso un escudo débil de calor sobre los dos. - La próxima vez intenta no preguntarle a la cosa que quiere matarnos primero, ¿está bien? - Le dijo Melissa. - Lo siento, estoy cansado. Soy raro cuando estoy cansado. - respondió bostezando.

- ¿Por qué harían eso los Dioses? Nos dijeron que cuando nos liberaran estaríamos a cargo de hacer del mundo un lugar mejor en una época de gran caos. Esta es nuestra tarea, y para esto es que fuimos hechas. Salvar al mundo de ustedes. - dijo Arket, todavía sin creer nada de esto.

- Cuando fueron liberadas, ¿acaso vieron gran caos? Ni siquiera hemos tenido una guerra en más o menos cien años, y la vida es buena en los Reinos. La Distancia es dura, pero nos mantenemos lejos de allí. Aceptémoslo, ustedes son los que están causando todo el caos aquí, no nosotros. - les dijo Pen intentando aclarar el punto.

- ¡Vamos! Esas cabezas duras de metal que tienen ya deberían entenderlo. - agregó Shane sin pensarlo. - Mi cabeza dura de metal ya lo entendió. - le respondió Lumic enseguida. Sonó como si realmente estuviera intentando ayudar.

- No me refería a tí. Tú estás en tu mejor momento del juego. - respondió Shane dando vuelta los ojos, pero mantuvo su temperamento bajo control. - ¿Juego? Ah, yo soy muy buena en los juegos. Dime las reglas y... - Shane miró a la espada flotante.

- Te contaré después. Cuando nos hayamos encargado de todo jugaremos montones de juegos. - dijo y Lumic brilló un poco más por la emoción.

- Perfecto, digamos que estás diciendo la verdad. ¿Qué vamos a hacer al respecto? Quiero decir, obviamente somos poderosos, pero son Dioses. Es muy difícil patear a un Dios en la cara sin ser convertido en polvo cósmico. - les dijo Ventrix trayéndolos de vuelta a la realidad.

- Bueno, una vez jugué un juego llamado La Venganza del Semidiós. Era exactamente lo que decía en la caja. Puede que ustedes no sean Dioses, pero todos tienen almas dentro. Dos almas quizás, como yo. Creo que podemos vencerlos. - les dijo Pen y no se dio cuenta lo demente que sonó para todos los que estaban escuchando.

- Sí, hermanos y hermanas, él jugó un juego una vez, ese es su plan. - Tinea no podía creer que él solo dijo eso tampoco. - Oye, lo jugué más de una vez. Hasta tengo un trofeo de titanio en la tercera parte de las series. Tenía una historia grandiosa, cállate. - Pen se puso a la defensiva.

- Es un plan horrible, pero me gusta el espíritu del chico, por lo menos hay que admirar eso. - les dijo Sholtan incluso cuando no se les había explicado nada a ninguno de ellos.

Algo hizo que se le erizaran los pelitos de atrás de la nuca a Shane y se dio vuelta y miró a lo lejos hacia el oeste del cielo nocturno. Algo estaba pasando ya que una energía verde brillante estaba rompiendo la noche al aparecer como el sol por la dirección equivocada.

- Eh, oigan chicos, ¿qué es eso? - Les preguntó Shane y todos miraron en esa dirección. - Eso sería el portal abriéndose. Nuestros padres están llegando a casa. - respondió Zolar, tan calmado como siempre.

- Bueno, una vez que pasen, lo primero que harán será venir tras nosotros, nuestro tiempo se agota. - les dijo Pen - Shane y Melissa, ¿ les molestaría ser los huéspedes de Lumic y Sholtan? - Les preguntó Pen. Imaginó que iban a necesitar toda la ayuda que pudieran tener.

- Siempre y cuando no intenten engañarnos y nos hagan perdernos todo, seguro. - Shane solo habló por sí mismo. - Seguro, supongo. - dijo Melissa cuando sus ojos miraron a Lumic y en realidad no estaba segura de esto.

- Todavía no me gusta esta idea. - comentó Arket. - Uh, solo porque fuiste vencida por una par de humanos, no estén tan herida por eso, libérate, relájate. - le lanzó Zolar. - Sí, perfecto, simplemente iré a poner mi cabeza en un banco de nieve. - respondió Arket y se cruzó de brazos.

- ¿Qué hay de mí? ¿Qué debería hacer? - Les preguntó Brule, sintiendo que los estaban dejando de lado de repente. - Me vas a comprobar si estás dispuesto a arriesgarte. Nosotros te apoyaremos, pero no podemos prometerte nada. Van a arriesgar su vida con lo que harán acontinuación. - le dijo Pen y continuó. - Quiero que se reúnan con sus creadores, literalmente. Ahora, si los Dioses les dan la bienvenida con los brazos abiertos, grandioso, pero recuerden que igual los usaron para causar un montón de dolor. Pero no creo que vaya a pasar eso. Tenemos que estar cien por ciento seguros. - finalizó Pen.

- Entiendo. - respondió Brule y los otros sabían a lo que se refería exactamente. - Además de mí, tú fuiste siempre el más valiente de nosotros. Buena suerte, hermano. - le dijo Sholtan. - Eres malísimo para mentir, Sholtan, pero gracias de todos modos. - le respondió Brule.

Lumic y Sholtan flotaron hasta Shane y Melissa. - Las aceptamos. - dijeron al mismo tiempo y después de eso agarraron la empuñadura.

Melissa fue envuelta por una luz cegadora, Shane rodeado por una niebla roja, y segundos después surgieron sus formas fusionadas. - Es hora de sacudir este lugar. - dijo Lumic, demasiado emocionada. - Cálmate, saltarina. Todavía me estoy acostumbrando a esto. - le respondió Melissa interiormente.

- Sí, bien. Estoy tranquila como la nieve. - dijo Lumic en un intento de serenarse. Melissa solo suspiró ya que sabía que era mejor no decir nada ni reírse.

- Siento como si pudiera enfrentarme a mil ejércitos otra vez. Gracias, amigo Shane. - dijo Sholtan y cruzó los brazos. Marchitar ahora estaba en la armadura. Se la sacó y la lanzó al lado del arco de Melissa. - De nada. - le respondió Shane, pero no sabía bien qué decir.

- Lo sé, lleva un tiempo acostumbrarse, pero estarán bien. - les dijo Pen, pero no sabía bien por qué exactamente. - Sí. Es lindo tener a alguien para hablar en esas horas de vuelo frías y solitarias de una batalla a la otra. - les dijo Tinea. Shane se volteó y miró sus armas anteriores, que les habían dado, tiradas en el suelo.

- Sé que dijimos que las devolveríamos, pero no creo que alguien debiera tener algo como esas cosas. - dijo con un poco de arrepentimiento que mostraba que estaba considerando romper la promesa. - Finalmente coincidimos en algo. - dijo Arket y lanzó otro rayo arco iris de llamas hacia a ellos. El arco y el látigo fueron abrazados por el fuego y sonó casi como si estuvieran gritando antes de que ambos desaparecieran en las llamas, como si nunca hubieran existido. - ¿Eso fue raro para alguien más o solo para mí? - Les preguntó Zolar.

- No, eso fue raro. - le respondió Pen. - Creo que podemos preocuparnos por eso después. Ese show de luces en la Distancia se está haciendo más intenso. Creo que ya es hora de que pongamos en acción la operación Titanio. - les dijo Brule, nombrándola de la nada.

- Es bastante pegadizo, me gusta. - dijo Tinea y sonó como si estuviera sonriendo.

- Estoy de acuerdo, pero por ahora esperemos un poco más. No querríamos presentarnos temprano a la fiesta, pero hasta entonces, deberíamos acercarnos mucho más. - le sugirió Zolar al grupo. - ¡Ah! Sí, vamos a acercarnos más y no puedo esperar más. Va a ser asombroso. - Lumic estaba perdiendo la compostura.

- Chispita, ya te lo dije, relájate, no hagas la de Elroy Lincoln con nosotros. Nadie quiere eso. - le dijo Melissa intentando mantener a raya a la espada. - ¿Qué es un Elroy Lincoln? Tengo que saber. ¡Dime! - Demandó Lumic.

- Hace unos tres años, un jugador con ese nombre en un juego llamado World of Snowcraft, en un grupo de asalto, rompió filas y se mandó solo antes de hacer planes y se encargó de una cueva entera de Goblins Pesadilla. Lo masacraron a él y a todo su grupo y todo quedó grabado. La movida se hizo famosa y cuando alguien se precipita, lo llaman así. - le dijo Melissa, y continuó. - Así que no seamos así de estúpidos como ese tipo, ¿está bien? - Terminó Melissa.

- Ah, ya veo. Sí, yo soy inteligente. No haremos algo como eso. Pero cuando todo esto termine voy a encontrar a ese jugador y lo castigaré por su estupidez. Luego jugaré ese juego. - Lumic expresó sus intenciones con extrema determinación. - Bueno, primero tenemos que sobrevivir a la noche, así que intentemos concentrarnos en eso. - le respondió Melissa.

- Sí, pero después jugaré al juego y derrotaré a esa persona. Nunca deberían abandonar a su equipo de esa manera. - dijo en un berrinche y se achicó un poquito. Solo pensar en eso la hizo deprimirse.

Tinea se rió sin razón alguna, pero recobró la compostura. - Muy bien equipo, vamos a ver qué es lo que va a pasar. - dijo y Pen despegó, los demás lo siguieron.

- Si alguna vez llegas a contarle a alguien que fui yo, te pondré de nuevo en la vaina, lo juro. - le dijo Pen y ella se rió otra vez.

- No te preocupes, amigo, será nuestro secreto, lo prometo. - le respondió mientras volaban hacia los rayos verdes de energía en el cielo del oeste.

CAPÍTULO VEINTICINCO

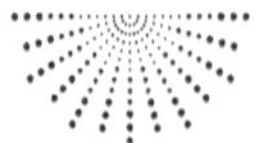

Miles de personas estaban paradas en la plaza de Santa Belca en vigilia con velas, rezando por la protección contra la ola de caos que había llegado de no se sabe dónde mientras el sumo sacerdote élfico estaba parado en un podio alto encima de ellos, vestido con el atuendo rojo tradicional del liderazgo Taroian. Estaba haciendo lo mejor que podía para brindar esperanza a través del micrófono.

- En el momento de nuestros días más oscuros, los Dioses eliminarán esta maldad como la han prometido. - dijo a través del micrófono. Honestamente, había estado haciendo esto por horas ya, y se le estaban acabando los versos, lo qué decir y la esperanza. El Padre Elrond nunca esperó ser el que tendría que lidiar con el fin del mundo. Las espadas habían aparecido, pero los Dioses no.

Estaba comenzando a perder la fe en todo. Apenas creía en sí mismo. Como líder de la secta Taroian, tenía mucha responsabilidad.

El cielo se iluminó como si se hubiera prendido fuego. Un relámpago brillante verde apareció, pero no había ninguna nube en el cielo. La respiración de Elrond quedó atascada en su garganta. Saltó cuando la luz apareció encima de él. Al mirar una vez arriba, quedó tan impactado como cualquiera, y asustado.

- ¡Los Dioses nos han escuchado! ¡Vienen a salvarnos! ¡Alégrense! - dijo el sumo sacerdote lo más alto que pudo. Había una pizca de terror en su voz. El Padre Elrond nunca había creído realmente en los Dioses, y no estaba seguro si alguien todavía lo hacía.

Las iglesias y las diferentes ramas de la religión se habían convertido en organización de caridad y realmente ya no tenían mucho que ver con la fe ahora. Los Dioses eran tan reales como cualquier otro cuento de hadas. Las únicas amenazas en el mundo eran las reales, las que se podían ver. Unicornios, Golems, Nigromantes y cosas como esas. Los Dioses y sus juguetes eran cuentos de hadas sin sentido, hasta ahora.

La iglesia tenia unos secretos realmente oscuros y el Padre Elrond estaba asustado. Había encubierto muchísimas cosas y ahora estaba preocupado porque la hora del juicio le hubiera llegado desde arriba. Luego, las luces en el cielo se detuvieron y Elrond resopló aliviado, y a la mitad de esto, sintió una mano que estaba tan fría que quemaba en su hombro izquierdo.

Se alejó de ella tan rápido como pudo y se giró con los ojos bien abiertos. Había un hombre allí que estaba vestido con un traje plateado, como uno de los que esperarías que usara un hombre de negocios. Destellaba en la noche al reflejar la luz de la luna.

- Ahora, no querríamos que todo eso se hiciera público, ¿verdad? - dijo con una voz, que por razones que no podía explicar, hizo temblar a Elrond hasta el alma.

- No, nunca. ¿Qué necesita que haga? Guíeme mi Lord. - le respondió. - Necesito que ardas. - dijo el hombre que brillaba y los ojos verdes élficos de Elrond se abrieron bien grande. Una mujer en un vestido rojo que no dejaba prácticamente nada a la imaginación estaba al otro lado de él. No estaba seguro como no la había visto. Ella lo señaló y Elrond comenzó a arder. Las llamas le salieron de la boca, los ojos y el pecho.

No tuvo ni tiempo para gritar. El hombre con el traje que brillaba caminó por los restos de Elrond, los cuales se disiparon en el aire.

- Hemos escuchado sus plegarias. Hemos venido para brindarles la salvación de la oscuridad que amenaza con consumir su mundo ya que yo soy Elrox. - dijo en voz alta. Los demás se pararon a su lado.

Al hacer esto, todos los que habían asistido inmediatamente se pusieron de rodillas. Sus Dioses habían regresado, pero el primero que apareció no fue por el cual la mayoría estaba rezando.

Todos estaban de rodillas menos una persona, una chica de trece años con ojos celestes.

- ¿Qué le pasó al Padre Elrond, ¿por qué se iluminó y desapareció? - preguntó en el silencio. Nadie más pensó en preguntar o considerarse dignos de decir algo, pero esta chica era audaz. Elrox estaba irritado ante tal arrogancia y comenzó a levantar el brazo para responder su pregunta cuando una mano rápidamente la frenó.

- Déjame encargarme de esto. Se precisan palabras si queremos que los mortales sean complacientes. No podemos matarlos a todos. - dijo Prolexa con una sonrisa. - No veo por qué no, pero por ahora jugaremos a tu manera. - respondió con un resplandor. Prolexa atravesó la baranda del balcón y le aparecieron alas en la espalda. Comenzó a brillar con una luz tenue de color blanca y azul mientras bajaba flotando hasta la chica.

- Eres los suficientemente grande para saber la verdad. Elrond era un hombre corrupto que usaba su poder para encubrir el gran mal que se infligió sobre su especie. Vinimos por ustedes, para arreglar este mundo. Comenzaremos por las espadas y luego limpiaremos la oscuridad de los corazones de todas las razas. - le dijo con la voz más amable que pudo poner.

La chica entrecerró los ojos.

- Entonces, ustedes son los jueces del mundo. ¿Qué quedará cuando acaben? - le preguntó con una voz casi desafiante.

Prolexa ya se estaba molestando con todas estas preguntas. - Reza para que permanezcas lo suficiente para verlo. Ahora, inclínate ante tus creadores antes que decidamos que eres la siguiente en nuestra lista de corazones malignos que deben ser purgados. - le dijo Prolexa con una voz un poco más directa.

- Sí, por supuesto. - dijo, tragó y se puso de rodillas. - Así está mejor. - dijo las Diosa para sí y regresó flotando, dándole la espalda.

- El caballero plateado te detendrá. Ha detenido al menos a tres de las espadas por sí solo. No necesitamos su ayuda. - le dijo la chica a la Diosa y ella se detuvo y estaba a punto de preguntarle a qué se refería cuando la multitud comenzó a conmocionarse y a entrar en pánico.

Elrox miró hacia el cielo y vio a Brule volando hacia él.

- Esto no estaba en los papeles. - dijo Loa cuando su vestido finísimo comenzó a resplandecer de color rojo ardiente.

- No, no lo estaba. - dijo Elrox y se preguntó qué estaba pasando.

- Maestro, estoy encantado de verlo. Estaba preocupado de que me hubieras abandonado en el vacío después de que volví a ser sellado. - dijo Brule, intentando sonar lo más sincero que podía. Elrox y los demás estaban confundidos.

- Te atreves a poner a prueba y a engañar a los mortales al jugar con sus emociones. No, no lo acepto. Serás destruido junto con el resto de ellos. - dijo Elrox y tuvo que seguir con el plan.

Sus manos se llenaron de electricidad y lanzó dos rayos verdes brillantes en dirección a él. A último momento, Lumic atravesó la plaza volando, tomó el mango de Brule y lo sacó del camino. El ataque de Elrox salió disparado hacia la Distancia, desapareciendo en la noche.

- Bueno, miren eso. Tenías razón en ambas cosas, pero ¿cómo sabías que no sabrían que nos ocultábamos en la oscuridad? - Le preguntó Ventrix a Pen.

- Simple, lógica de videojuegos. Los Dioses son tan arrogantes y seguros de sí mismos que no se preocupan por sus alrededores. Solo se hacen cargo de una cosa a la vez. Como nosotros somos mortales de clase baja, nunca se preocuparían en mirar. - respondió.

- Buena decisión. Entonces, ahora que sabemos que quieren matarnos, ¿qué hacemos al respecto? - Les preguntó Zolar. - Los mataremos o moriremos en el intento, ya los escucharon. No quieren solo matarlas a ustedes. Quieren matar a todo lo que consideren malvados. Todo lo que alguna vez los reemplazó y mi conjetura es que la ciencia está bastante alta en esa lista y eso incluye a todos. - le respondió Pen.

- Primero, tenemos que sacar a toda esta gente de aquí. - dijo Shane mirando a la enorme multitud que se encontraba abajo. - Sí, usar espectadores como escudo es algo muy cobarde. Saquemos a todos de aquí. - Sholtan concordó con él.

- Yo me encargaré de esa parte. El resto de ustedes encuéntrenle a Brule un cuerpo y prepárense para la pelea de sus vidas. - dijo Tinea y bajó flotando hasta la multitud.

- Muy bien gente, todos van a morir si se quedan parados allí. Las espadas matarán a cualquiera que se interponga en el camino, así que esta es su oportunidad para escapar. - les dijo Tinea a todos, pero las personas no reaccionaron como ella pensó que lo harían.

- ¡Demonios, dije ahora! - gritó Tinea al mismo tiempo que golpeó el suelo lo suficientemente fuerte para hacer que se sintiera como un pequeño temblor. Aquí fue cuando la multitud comenzó a escapar gritando. - Así está mejor. - dijo y Pen sonrió.

- Tinea, has provocado un desastre. Nunca confiamos en ti. Taro siempre fue el único que tenía un punto débil por estos mortales. Será un placer hacerte pedazos a ti y quienquiera que estés usando como huésped. - le dijo Elrox, con la voz tranquila, pero enojado. Pen se dio vuelta para ver a los siete Dioses parados ahí detrás de él.

- Oh, haré que les cueste. También traje refuerzos. - les dijo

Pen cuando el resto de las espadas aterrizaron detrás de él. Se estaba sintiendo un poco asustado ahora. Nunca antes había estado parado así de cerca de un Dios, pero no estaba seguro si alguien alguna vez lo había estado.

- Claro, nuestras creaciones. ¿Cómo podríamos olvidarnos de ellos? - dijo Torax al dar un paso adelante vestido con un tapado gris que lo tapaba casi completamente, sosteniendo un báculo dorado bien largo. - Sí, ¿cómo podrías olvidarte de mí? Voy a romper ese báculo tuyo a la mitad y te lo voy a meter por el... - Ventrix detuvo a Zolar antes de que pudiera terminar.

- Vamos, no dejes que tu temperamento saque lo peor de ti. Ese es el rol de arket, tú eres del tipo más calmo y tranquilo, ¿recuerdas? - le dijo a su amigo. - Cierto, lo siento. Hermana, ¿me harías el favor de trasmitirle a mi creador mi enojo en la manera correcta? - Le preguntó Zolar.

- Dejaré que mis puños hablen por mí, y todos deberíamos hacer lo mismo. - respondió Arket. - Siete contra seis. Parece que las posibilidades están casi parejas. - dijo Sholtan. - Esperen, ¿no estamos olvidando una espada? ¿Alguien averiguó adónde fue Yalen? - Preguntó Lumic. Tinea miró hacia abajo, se había olvidado de la historia que el caballero les había contado en el castillo.

- Pasado es el tiempo correcto, tan preciso, que no tienes idea cuánto. - dijo Nolber y apareció caminando desde la oscuridad, y lanzó una empuñadura al suelo que estaba hecha de hielo azul oscuro. La espada se había roto.

- Yalen estaba muy débil para existir. Al instante que fue liberada envié un ataque desde el vacío y lo destruí, como insté a que hicieran los demás, pero se rehusaron. - dijo. Estaba vestido con una armadura de hielo azul oscura similar a la empuñadura que recién había tirado al suelo.

- ¡No! Era mi amigo. ¿Cómo pudiste hacer eso? Ni siquiera le diste la chance de existir en este mundo. - dijo Sholtan mientras se apresuró hacia adelante y recogió la empuñadura con cuidado. Shane sintió su tristeza también. - ¿Qué esperarías que un Dios tan frío como yo hiciera? ¿Mostrar piedad? - Preguntó Nolber.

- Suficiente charla. Voy a terminar esto ahora. - dijo Loa y levantó la mano izquierda. Desató una ola invisible de poder y golpeó a todas las espadas, levantándolas en el aire y haciéndolas caer al suelo.

- Sí, ¿acaso olvidaron que somos Dioses reales? Cada uno de nosotros puede borrarlos de la existencia con solo pensarlo. Todo lo que tenemos que hacer es mirarlos mal y están fritos. - dijo Loa cuando en sus ojos se encendieron llamas azules.

Todos golpearon el suelo y se deslizaron hacia atrás haciendo chispas. - Supongo que aquí es donde todos morimos. Fue genial conocerlos a todos. - les dijo Pen y continuó. - Y gracias, Tinea, por ser mi amiga. - Terminó Pen. - Ah, ya me conoces, siempre la amigable. Fue un viaje divertido. - respondió ella con un leve quejido.

- Me despido, amigo. Al menos morimos intentando luchar en vez de escapando. - Sholtan estaba, como siempre, listo para morir. - ¿Siempre tienes que hablar así? Se va enojar muy rápido. - le respondió Shane. - Sí, es más dramático. - le respondió Sholtan y Shane solo se quejó.

- Miren el lado bueno. Al menos podemos decir que fuimos asesinados por un Dios porque lo hicimos enojar personalmente. Estoy segura que no mucha gente puede decir eso. - dijo Melissa después de golpear el suelo. - Oye, eso está bastante bien. Muy bien, siempre siendo positiva. Así hay que ser. - le respondió Lumic. Melissa solo dio vuelta los ojos.

CAPÍTULO VEINTISÉIS

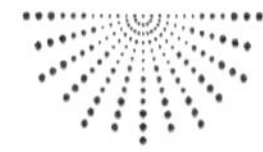

\- Esperaba más compasión de su parte, como yo tuve con todos ustedes. - dijo una voz cuando otro relámpago verde cayó en el suelo. El octavo Dios había llegado. Estaba vistiendo un guardapolvo largo verde oscuro con un gorro negro y un traje rojo oscuro debajo.

\- Taro, qué bien que te nos unas. Tú creación ha puesto a todas las nuestras contra nosotros. - Xy finalmente habló. Estaba vistiendo un vestido estilizado negro que contrastaba con su piel blanca marfil. Su cabello era amarillo.

\- Lo sé. Imaginé que después de unos cuantos miles de años todos cambiarían de parecer respecto al plan, pero solo por si no lo hacían, tenía un plan propio. - les dijo Taro y sonrió. - ¿Te atreves a desafiarnos a los siete? ¿En serio? - Dijo Elrox y suspiró. Sí, supongo que sí, pero siendo Dioses y eso, deberían estar abiertos a jugar un pequeño juego. Una prueba. ¿Creen que pueden manejarlo? - Les preguntó Taro.

\- ¿Qué tipo de prueba es esta? - Le preguntó Prolexa. - Es simple. Les voy a dar una mejora a las espadas que las salvará de los límites más altos de nuestros poderes, para que puedan luchar en condiciones iguales. Digo, seguramente no les tienen miedo a sus propias creaciones sin importar cuáles sean las condiciones, ¿verdad? - Les preguntó Taro, manteniendo la sonrisa.

- No vamos a jugar tu juego estúpido. Vamos a romper estas espadas y ese es el fin de la cuestión. - dijo Torax, viendo más allá de sus juegos, pero Brolox, el Dios que forjó a Sholtan dio un pasó adelante.

- Quizás el payaso tiene un punto válido después de todo. Quiero decir, ¿qué caso tiene si ni siquiera podemos derrotar a nuestras propias creaciones en una pelea justa? - dijo a través de su traje de armadura rojo. - No. Dejen de ser estúpidos. Somos Dioses. No tenemos que hacer lo justo. No necesitamos hacer lo justo. Es nuestro derecho. Somos los que decidimos la realidad. - le dijo Loa enojada.

- Bueno, ya saben, si no lo pueden hacer, supongo que lo entenderé. Simplemente me adelantaré y me aseguraré de que todos sepan la verdad de este lugar antes que ustedes avancen y maten a todos. - dijo Taro y comenzó a alejarse hacia los demás.

- No, espera. Haremos tu estúpida prueba así que deja el pasado fuera de esto. - dijo Elrox enseguida, se podría decir que sonando preocupado. - Tenemos nuestras diferencias, pero no tienen que llegar tan lejos, amigo. - dijo Elrox. Toda su personalidad y comportamiento cambiaron en un instante. - Sé que somos amigos. Sabía que entenderían de una forma u otra. - dijo Taro con una delgada sonrisa.

Elrox suspiró aliviado.

- Excelente, tenemos una pelea entre manos. No he tenido una buena pelea desde que pelee contra Roht. - dijo Brolox al aplaudir con sus enormes manos, aplauso que sonó como un trueno.

- Sí, y jamás dejas de repetirlo desde ahí. Quizás esto te dé una nueva historia por lo menos. - dijo Xy al suspirar molesta y dio vuelta sus ojos negros azabache. - Sí, las nuevas historias siempre son un plus en mi libro. - concordó Prolexa. - Bien. - les dijo Taro y sonrió.

- Espadas, pónganse de pie por favor, porque el recreo se acabó. - les dijo. - Claro que sí. - concordó Pen cuando todos comenzaron a ponerse de pie. El extraño poder que lo retenía desapareció. - ¿Cuál es el plan jefe? - Le preguntó Tinea a Taro.

- Me alegra que preguntaras, ya que una batalla campal probablemente destruiría todo y ustedes son menos. Tengo que equilibrar la balanza. - Taro levantó la mano hacia la empuñadura de la espada de hielo y ésta voló hasta su mano. Él la atrapó.

- Y ahora lo que fue, volverá a serlo. - dijo Taro cuando la espada de hielo comenzó a reformarse en su mano mientras sus ojos brillaban de blanco. - ¡¿Qué?! ¿Cómo te atreves a deshacer lo que hice? - dijo Nolber con una voz furiosa. - Sí, lo sé. Los he transgredido u ofendido profundamente. Ahora supérenlo. - dijo Taro cuando la espada estaba completa otra vez.

- Ahora no se maten entre ustedes mientras me voy. Ya regreso, recuerden que lo prometieron. - dijo Taro y le echó una mirada a Elrox antes de desaparecer con la espada.

- Entonces, ¿alguien tiene algo que quiera decir? - Le preguntó Pen a los Dioses. - Sí, voy a usar su sangre para mis batidos cuando termine con ustedes. - le respondió Prolexa. - Bien. Alguien tiene asuntos sin resolver por ser una Diosa de la luz. No olviden eso, volúmenes enteros. - dijo Tinea pero no estaba exactamente sorprendida. Xy le tiró una mirada corta. Habría jurado que lo de beber sangre era parte de su perfil, no el de Prolexa.

Arket voló por encima de ellos sin previo aviso.

- Los mataré a todos al mismo tiempo ahora mismo. - gritó, perdiendo la compostura. - Melissa, atájala. - dijo Pen tan rápido como pudo. Antes de que Arket pudiera llegar a pocos metros del resto, Lumic la agarró por detrás del cuello y la cintura.

- Hermana, ahora no es el momento. Tenemos que esperar el

momento correcto para que no actuemos en el momento incorrecto, ¿entiendes? - Le dijo Lumic, aunque Arket seguía luchando en sus brazos, pero Lumic la tenía bien agarrada. - Odiaría perderte. Por favor, cálmate antes que ambas hagamos algo estúpido. - le suplicó Lumic.

- Sí, ya escuchaste a tu hermana. Enfría tus turbinas antes que te tenga que golpear bien duro. No me molestaría hacerlo, así que solo debes darme una razón. - dijo Melissa cuando pudo sentir el calor de Arket emanando a través de la armadura. - Guárdalo para la pelea real. - con eso terminó Melissa y Arket se calmó.

- Está bien, lo haré, pero voy a ir primera. - dijo cuando Melissa la dejó ir. Arket flotó marcha atrás hacia los demás, pero nunca les quitó los ojos encendidos de encima a los que la habían traicionado a ella y al resto de las espadas.

- Es igual a ti. Casi que voy a lamentar tener que matar a tu creación ahora. - le dijo Elrox a Loa, pero ella no le respondió.

Taro apareció en Vasaria, pero no había nadie cerca. - ¡Uh, vamos! Ahora no es el momento para estar solo. Solo necesito una persona. - dijo Taro para sí mismo. Luego escuchó a algunas personas hablando entre ellas detrás de una casa. - Qué raro. ¿Por qué no están adentro? - se preguntó.

Taro caminó en esa dirección y dio vuelta la esquina para encontrar un grupo de seis adolescentes sentados alrededor de una fogata. - ¿Qué cuentan, chicos? ¿Cómo la están pasando esta noche? - Preguntó Taro, y su repentina aparición de la nada los sorprendió a todos. - Eh, estamos bien. ¿Cómo estás tú extraño misterioso y con vestimentas raras? - le preguntó una de las chicas. - Yo estoy bien. Escuchen, ¿alguno de ustedes sabe, digamos, ya saben, luchar de alguna forma? Necesito su ayuda. - les preguntó Taro.

- Amigo, esta es tu oportunidad. - el chico vestido de rojo le dijo a otro vestido de verde. - ¿Oportunidad? ¿De qué estás hablando? - le preguntó, sin estar seguro de qué estaba pasando. - ¿No sabes quién es este? Este es Lord Taro. Mira su ropa, es exactamente igual que en el libro que tengo, hasta el sombrero. - le dijo el de rojo. - Bueno, tiene razón. Soy un Dios y todo eso, pero ahora mismo realmente necesito saber si alguno de ustedes puede luchar. Es muy importante. - les volvió a preguntar Taro, medio apurado.

- Mi nombre es Thomas, he sido entrenado en tres estilos de artes marciales y también tengo entrenamiento con las armas, pero solo es un pasatiempo realmente. Nunca he estado en una batalla real. - le dijo a Taro.

- Grandioso, ven conmigo. - dijo Taro y volvió caminando a la oscuridad. Tom miró a sus cinco amigos. - Eh, deseénme suerte. - dijo con una sonrisa preocupada y corrió hacia la oscuridad. - Buena suerte. - dijo Jason.

- Bueno, nada emocionante como eso nos pasa a nosotros. - dijo Jason y suspiró, sintiéndose un poco celoso de su amigo ahora mismo. - No te preocupes, Jas. Kim y Trini y yo todavía estamos contigo. - le dijo Zach en un intento de levantarle el ánimo.

- Preocupado no, pero creo que todos deberíamos tomar lecciones de artes marciales. Nunca se sabe cuando un Dios va a aparecer y precisar ayuda. - - Me gusta la idea. - dijo Kim y Trini sonrió al estar de acuerdo. - Sabes que yo también me anoto. - concordó Trini con ellos. Los cinco siempre habían sentido que estaban destinados a cosas más grandes, pero hasta ahora su vida había sido mundana. Quizás este era un momento crucial.

Tom corrió hasta la calle. Taro lo estaba esperando en el medio de ella. - ¿Qué necesitas que haga? - preguntó, y estaba emocionado. Taro dejó salir a Yalen y la espada de hielo flotó hasta él. - Todo lo que necesito que hagas es que la sostengas. - dijo Taro y Tom sonrió. - Esta debe ser la espada del destino o algo parecido. - le respondió.

- Sí, destino, algo así. Solo agárrala. - dijo Taro y Tom la agarró. Enseguida que hizo esto, la espada inmediatamente brilló con una luz azul resplandesciente que desapareció igual de rápido. Cuando lo hizo, Yalen estaba allí parado. La espada de hielo finalmente tenía un cuerpo. - ¡¿Qué?! ¿Qué me pasó? - Preguntó Tom. Podía ver todo, pero se sentía mucho más grande que antes.

- Sabes, estaba a punto de decir lo mismo. - dijo Yalen, igual de confundido. - Tu creador te destruyó en el momento que fuiste liberado. Por la gracia de Dios, o ya sabes, de mí, te he devuelto a la vida por una razón. - le dijo Taro.

- Venganza. - respondió Yalen una vez que se dio cuenta que había sido traicionado por su creador. - Todavía no entiendo qué es lo que está pasando. - dijo Tom y Taro dio vuelta los ojos.

- Estas en la espada de Nolber. Una de ocho y los Dioses están aquí y vas a ayudar a las espadas para que se encarguen de los Dioses de una vez y para siempre porque son víboras mentirosas, incluso aunque seamos amigos. - Taro le dio la versión corta de lo que estaba pasando.

- Ah, claro, ya entiendo. Vamos por ellos. Soy Tom, encantado de conocerte Yalen. - le dijo Tom. - Igualmente. Voy a intentar no hacer que nos maten, pero no prometo nada. - le respondió Yalen. - Perfecto, el tiempo de vínculo se terminó. Tenemos una pelea que empezar. Regresemos. - dijo Taro y con eso, los dos desaparecieron.

CAPÍTULO VEINTISIETE

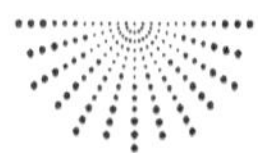

Taro y Yalen reaparecieron entre los dos grupos. - Yalen, que bueno verte amigo. - dijo Sholtan enseguida. - Habría estado más en la vuelta, ya saben, si no hubiese estado muerto y eso. - le respondió y caminó hasta su amigo. - ¿Quién está ahí? - Preguntó Sholtan. - Un adolescente llamado Tommy creo. No lo conozco, pero parece bastante bien. - le respondió Yalen.

- Para su información, hace un frío descarado aquí dentro. - dijo Tommy. - Ah, vas a estar bien. Nunca mataríamos a nuestros huéspedes. Los necesitamos para vivir y permanecer así después de todo. - le respondió Yalen.

- Igual no hace que haga menos frío. - le respondió Tommy cuando Yalen se dio vuelta para enfrentar a Nolber de quien podía sentir la mirada desde el otro lado del campo de batalla.

- Pagarás por lo que me hiciste. - le dijo Yalen señalándolo. Esto no pareció importarle al Dios de hielo.

- Bien, bien, suficiente charla. Ahora para el final del trato. - dijo Taro y puso las manos juntas para formar un aura tenue dorada de energía alrededor de los ocho. - Excelente, ahora son inmunes a ser eliminados de la realidad con solo un pensamiento o algo por el estilo. Eso no los salvará de sus puños o los diferentes poderes que ellos puedan tener, así que tengan cuidado. - les dijo Taro y se dio vuelta para mirar a sus amigos.

- Muy bien. ¿Están preparados para comenzar con esta competencia? Aquí están las reglas. El primer equipo en ganar cinco, se queda con la competencia. El ganador consigue quedarse aquí. Los perdedores serán borrados para siempre. ¿Aceptan? - Les preguntó Taro con un brillo verde tenue en los ojos.

- No hay chance de que perdamos. Por supuesto que aceptamos. - respondió Elrox y se dirigió a las espadas. - ¿Aceptan los términos? - Les preguntó Taro. - Por supuesto que aceptamos los términos. No nos queda otra opción. - le respondió Pen.

- Genial. - Taro se sacó el sombrero y lo dio vuelta. - Los Dioses tendrán letras, de la A a la H. Las espadas tendrán números, del uno al ocho. Dentro de mi sombrero tengo dieciséis papelitos con las correspondientes letras y números. Sacaré uno a la vez. Habrá uno para mí también. Soy un Dios después de todo y lucharé para seguir aquí también. - dijo. Y después de decir esto, un papelito apareció en cada una de sus manos. - Sacaré los papelitos del sombrero. - dijo Taro con una sonrisa. - Tengo la letra... - Taro cortó a Brolox con una mirada. - Mantenlo en secreto por ahora. No digas nada. Hagamos que esta competencia sea interesante. - dijo Taro y Brolox sonrió. Le gustaba una buena sorpresa.

- Ya saben sus letras y números ahora, así que no se los muestren a nadie más. Seleccionaré la primer serie ahora. - les dijo Taro. - Espera, ¿cómo podemos confiar en que no estás arreglando los emparejamientos? - se quejó Xy mientras estudiaba su letra. Prolexa se burló. - ¿En serio importa? - preguntó. - A mí me importa. - respondió Xy y le devolvió la mirada con sus ojos azabache.

- Verdad. Bueno, para ser justos, lo haremos de esta manera. - dijo Taro y los dieciséis papelitos salieron volando del sombrero y aterrizaron en el piso en pares. A Taro se le ocurrió una solución al problema. - Todos verán que esto es justo. - dijo Taro. - Y demasiado complicado. - agregó Loa, frustrada con todo el procedimiento. Pero así es como siempre fue Taro. Todo tenía que ser complicado con él.

- Bien, supongo que así está mejor. - le dijo Prolexa y Taro le respondió sonriendo. Las llamas de Arket se intensificaron por un segundo ya que quería ser la primera, pero una rápida mirada de Taro la hizo cambiar de parecer sobre hacer una escena.

Taro abrió la mano y dos papelitos volaron hasta ella. Él las reveló. Por favor pasen adelante, número tres y letra "H". - dijo Taro a todos cuando miraron alrededor para ver quién era. - ¡Yo no soy! - gritó Lumic, excesivamente emocionada. - Soy yo. - dijo Zolar y dio un paso adelante. Soy el número tres. - finalizó tan calmado como siempre. - Aparentemente, soy la letra "H". - dijo Nolber y dio un paso adelante.

- Ahh... yo quería ser el que destrozara a mi patético intento de espada. - dijo Torax, y desmotivado se dejó caer sobre su báculo. - Lo haré por tí. No me llevará mucho. - le dijo Nolber y dio un paso adelante. - Es tuyo Zolar. No le tengas miedo. Él te tiene más miedo a ti que tú a él. - le dijo Ventrix y Zolar se giró y miró a su amigo.

¿En serio? No parece para nada asustado. Bueno, realmente para nada asustado. - respondió Zolar y se puso encima de lo que parecía que sería el lugar principal de batalla cuando Nolber hizo lo mismo.

- Ahora las reglas. Intenten no matar a su oponente. Cuando uno de los dos se rinde, la pelea termina, y eso es todo. Que el mejor ser sobrenatural gane la pelea. - dijo Taro y dio un paso atrás.

Zolar no tenía idea qué es lo que iba a hacer. Sus poderes eran pésimos. Sabía que básicamente podía darle vida a las cosas y más o menos eso era todo. - Muy bien copito de nieve, golpéame con lo mejor que tengas. - le dijo Zolar.

Nolber alzó la mano izquierda y lanzó un rayo de luz azul

hacia Zolar. Zolar levantó las manos para defenderse cuando la luz lo cubrió, encerrándolo completamente en una caja de hielo en un segundo.

El resto del rayo azul también se convirtió en hielo en el aire. Nolber sacó la mano del final de su rayo de hielo. - Parece que gané. Eso fue más fácil de lo que esperaba. - dijo y se dio vuelta. Se alejó dos pasos cuando escuchó un resquebrajamiento en el hielo.

- ¿Qué está pasando? - preguntó y se dio vuelta solo para ver que el hielo alrededor de Zolar estaba brillando y cambiando de forma. - ¡Idiota! Le diste lo único que necesitaba para contrarrestar tus ataques. - le dijo Torax incrédulo cuando el hielo alrededor de Zolar cambió y se transformó en un gólem humanoide de cinco metros con Zolar en el centro. La cabeza se formó una cara.

- Gracias. - le dijo Zolar y el brazo izquierdo se transformó en un mazo el cual blandió y golpeó a Nolber tan fuerte que lo mandó a volar a través del balcón, adonde habían llegado primero. - El Dios del hielo no puede con su propia medicina, según parece. - dijo Zolar a través del hielo, pero nadie estaba convencido de que esto hubiera terminado.

- Supongo que debería decirles que los Dioses usualmente tienen más de una forma. Siempre eligen una forma con la que ustedes se sientan cómodos, pero en realidad, esas son apenas chispas de su poder elemental absoluto. Y si logran hacer enojar a uno lo suficiente, probablemente utilicen la forma absoluta. - le dijo Taro desde el costado.

- ¿Me podrías repetir qué es eso de una forma secundaria? - Dijo Zolar cuando empezó a nevar, aunque no había ni una nube en el cielo. - Bueno, nunca había estado tan asustado de la nieve en mi vida como lo estoy ahora mismo. - dijo Melissa cuando el viento empezó a aumentar mientras la nieve comenzaba a arremolinarse. - No te asustes, estoy contigo. - le respondió Lumic.

Al hacer esto, una figura comenzó a tomar forma en frente de ellos. Todavía era como un humano, pero una vez que se hizo más visible, pudieron ver que Nolber no se veía nada parecido a como se veía antes. Era alto y delgado. Su piel era blanca marfil y sus ojos amarillos oscuro. A su cara le faltaba la nariz y los labios, y no tenía cabello. Todo lo que había era un par de ojos amarillos hundidos y una boca llena de dientes afilados. Sus brazos eran más largos de lo que deberían ser y las manos terminaban en unos dedos que tenían garras afiladas.

- Rayos viejo, eres feo. - le dijo Zolar y dio un paso para atrás.

- Y hambriento. - respondió siseando. Su voz sonaba más como viento que como otra cosa. Nolber se abalanzó sobre Zolar con una velocidad a la que éste no pudo reaccionar. Las mandíbulas de Nolber se abrieron y con una simple mordida arrancó la cabeza de hielo del gólem, y empezó a darle zarpazos al cuerpo de hielo, arrancándole pedazos con cada zarpazo. Zolar recobró el sentido y usó el brazo derecho para transformarlo en una espada y cortar al medio el cuerpo de Nolber.

El ataque lo cortó a la mitad de un solo golpe.

No hubo sangre, pero el cuerpo cayó en mitades y parecía estar muerto. Zolar se alejó lentamente y no perdió tiempo en reformar su cuerpo con lo trozos de hielo que Nolber le había arrancado.

- Eres la mitad del Dios del que solías ser. - le dijo Zolar, pero habló demasiado pronto ya que el cuerpo demacrado se volvió a recomponer rápidamente. - ¡Uh, vamos! Eso no está para nada bien, viejo. ¿Cómo se supone que voy a vencer eso? - Dijo Zolar y transformó los brazos en espadas al ponerse de pie.

- No me vences, es así de simple. Soy un Dios y existiré por siempre, y tú eres una espada con cuerpo. Puedo destrozarte, y esa alma que estás usando como huésped será un delicioso aperitivo para después. - le dijo Nolber con una voz afilada y cargó directamente contra Zolar.

Zolar se agachó y ni bien Nolber estuvo lo suficientemente

cerca el cuerpo de gólem se transformó en una estaca que atravesó al monstruo por donde el corazón debería estar. No terminó ahí ya que la estaca siguió creciendo hasta que clavó al monstruo contra un pilar. Zolar salió del hielo mientras Nolber gritaba de agonía.

- Vamos viejo, ríndete. Esto es vergonzoso. Eres el Dios del hielo y estás siendo derrotado por él. No lo hagas más difícil de lo que tiene que ser. - le suplicó Zolar. Quería que esto terminara. Justo cuando dijo esto, el monstruo rebanó el palo de hielo con la mano derecha y cayó al suelo.

- Yo y mi estúpida bocota. - dijo Zolar para sí mismo. Apretó los puños y supo que el hielo no iba a cortarlo, así que miró por el campo de batalla para ver si había algo más que pudiera usar cuando por la comisura del ojo vio el agujero abierto en su pecho que se cerraba.

Los ojos amarillos de Nolber comenzaron a brillar mientras caminaba hacia un desprotegido Zolar. - Piensa, vamos, piensa. - dijo Zolar mirando alrededor buscando algo que pudiera ser la única cosa que pudiera ayudarlo en esta pelea, pero no podía pensar en nada. Nolber estiró el brazo izquierdo y se extendió por todo el campo. Zolar se zambulló hacia la derecha y golpeó el suelo más fuerte de lo que esperaba.

Al hacer esto sintió el piso debajo de él y de repente se dio cuenta qué tan poderoso en realidad era. Nunca lo había pensado antes, pero se le ocurrió que estaba rodeado de cosas que nunca estuvieron vivas para empezar. Había tantas cosas increíbles a su alrededor que en el pánico, nunca se lo había puesto a pensar.

- Muy bien grandote, permíteme volverme a presentar. Mi nombre es Zolar, soy la espada anti-vida. Hago que lo imposible parezca simple porque fui creado por el Dios de la magia, y usted señor está acabado. - le gritó Zolar. A Nolber no le importó mientras se daba vuelta. Dio un pisotón al suelo tan fuerte que hasta los que estaban a los costados tuvieron que mantenerse firmes.

- Pelea como un mortal. Quédate quieto para que pueda matarte. - dijo Nolber y claramente se estaba frustrando. - No soy solo un hombre, soy una espada y lucharé como tal contra ti, cerebro de hielo. - dijo Zolar y la espada se formó en su mano izquierda, la levantó en el aire y rayos verdes oscuro salieron disparados para todos lados, serpenteando hasta encontrar un objetivo. Zolar tomó la espada por el mango con ambas manos, apuntó al Dios y deslizó el pie derecho hacia atrás, como si se estuviera preparando para atacar.

- Ven a buscarme, feo. - dijo Zolar y esperó.

Nolber no perdió el tiempo en abalanzarse sobre el enemigo mucho más pequeño. - A tu estrategia le falta contenido. - dijo Nolber, pero a mitad del camino del ataque, Zolar activó su trampa. Todos los cables eléctricos en los que se pudo concentrar cobraron vida y desde la oscuridad le dispararon a la piel blanca y helada de Nolber, y éste se empezó a electrocutar de pies a cabeza. Enseguida el Dios gritó y cayó sobre las rodillas mientras le salía humo del cuerpo.

- Aparentemente, la ciencia te excluyó, supuse que podía pasar lo mismo conmigo. Una dosis de una de las fuerzas más poderosas de la ciencia directamente en tu cuerpo helado, hecho de agua. - le dijo Zolar, pero todo lo que Nolber podía hacer era gritar de agonía.

- Tecnología y Magia, una combinación celestial, ¿no crees? Ingenioso. Y de paso, eso fue por matar a nuestro hermano y amigo, te lo mereces. - le dijo Zolar mientras el cuerpo delgado y espantoso se derretía, dando lugar a su forma original que terminó cayendo de cara al piso. Zolar caminó hacia adelante y se paró al lado de la figura inmóvil de Nolber, levantó la espada y la clavó derecho hacia abajo.

Todos los que estaban viendo quedaron impactados. Ninguno más que Ventrix, que nunca antes había conocido este lado de Zolar de asesino a sangre fría.

CAPÍTULO VEINTIOCHO

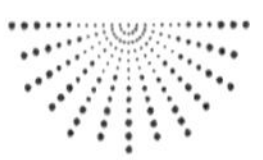

-Debería haber intentado matarte, pero las reglas dicen que no debería. - Zolar había puesto la espada justo a poco centímetros de la cabeza del Dios caído y la sacó del suelo. La electricidad se detuvo.

- ¿Podemos darlo por terminado o tengo que esperar a que despierte y diga que tuvo suficiente? - Le preguntó Zolar a Taro, pero nunca sacó los ojos del Dios. - No, tú ganas. También, gracias por no matarlo. - Dijo Taro y tuvo que recobrar el aliento. Estaba seguro que su amigo iba a morir esta noche.

- Bien hecho, Zolar. Sabía que podías. No dudé ni una sola vez de tí. - Gritó Ventrix. - No te preocupes. Yo dudé un montón para compensar. - rápidamente dijo Sholtan. Zolar estaba impresionado de sí mismo. Había logrado algo que en algún momento creyó imposible. Había derrotado al Dios del Invierno en casi una pelea justa. - Gracias por el voto de confianza, Sholtan. - respondió, todavía impresionado por lo que había hecho.

- Bueno, miren eso. Mi espada no es tan débil como dije que sería. - dijo Torax y sonrió. - ¡Estás feliz! ¡Perdimos! Eso significa que quien vaya ahora tendrá que ganar para compensarlo. - dijo Elrox y estaba molesto con todo esto ya. Brolox caminó hasta el cuerpo de Nolber, lo levantó por la cintura con la mano izquierda y regresó caminando hacia su equipo.

- De verdad espero que no tenga que luchar con ese tipo. ¡Es enorme! - dijo Arket al observarlo hacer eso. - Por tu bienestar también espero que no te toque él. Te partirá a la mitad de un estornudo y ni te darás cuenta. - dijo Pen, y estaba preocupado. Arket lo golpeó en la parte de atrás de la cabeza con la palma de la mano.

- Cierra la boca. Soy más fuerte de lo que parezco. - le dijo. - Sí, pero él es tan fuerte como parece. Será mejor que no te toque. - le dijo Tinea, frotándole la cabeza.

- Muy bien. La primera ronda es de las espadas. Muy bien hecho campeones, sabía que podían, pero ahora es hora de la segunda ronda. Elegiremos al azar una vez más. ¿Están todos listos? - les dijo Taro cuando dos papelitos más volaron hasta su mano. - Y los participantes afortunados son el número cinco y la letra "c". Por favor participantes afortunados, acérquense al centro del escenario. - dijo Taro cuando todos se preguntaban quiénes habían sido elegidos esta vez. No tuvieron que preguntárselo por mucho tiempo.

- ¡Me toca a mí, me toca a mí! Estoy tan emocionada. - dijo Lumic demasiado rápido. - Otra vez, cálmate. No te olvides que yo también estoy aquí, ¿estamos? - Le preguntó Melissa. - Cierto, lo siento, pero esto será divertido. - dijo Lumic cuando Melissa se preguntaba contra quién tendría que luchar. Elrox dio un paso adelante, seguro y tranquilo como siempre.

- Soy el número cinco. - No esperaba ser el que peleara en la segunda ronda y ahora sentía la presión, pero estaba seguro que podía manejarlo y se subió al ring. - Muy bien, te voy a dar la chance de que te rindas ahora. ¿Te interesa aprovecharla antes de que arruine esa armadura tan linda que tienes? - Le preguntó Elrox y resplandeció. - No estoy interesada en lo absoluto. Ahora, ¿has venido a hablar o a pelear? - le respondió Melissa. La energía positiva de Lumic se le estaba contagiando.

- Me gusta tu estilo. Vamos a levantar ese ánimo. - le dijo

Lumic mientras Melissa sonreía. - Como quieras, Elfa. - le respondió Elrox. - Muy bien, recuerden lo que dije. No se maten y que gane el mejor. - les dijo Taro y salió del ring.

Elrox dio un paso adelante en el ring y con un movimiento de la mano hizo desaparecer todos los escombros.

- Me gusta un lugar limpio para pelear. Me hace sentir mejor. - dijo a nadie en particular y se cruzó de brazos. Melissa también se subió al ring. Elrox se veía más pequeño desde tan cerca de lo que se veía antes. Y además de su traje resplandesciente, en realidad se veía como una persona común, pero la raza no encajaba. Elrox parecía tener rasgos de todas las razas, y de ninguna al mismo tiempo. Era difícil creer que era un Dios.

- Lumic, estás emocionada. Me puedo dar cuenta. No haré que esto termine demasiado rápido. Sé cuánto te gusta jugar. - dijo Elrox y Melissa retrocedió un poco, pero Lumic no reaccionó para nada. - Muy bien Roxie, comenzemos. - le dijo Lumic a Elrox cuando éste abrió los brazos hacia los costados.

- Un disparo gratis para que veas a lo que te enfrentas. - le dijo y sonrió. Melissa presintió una trampa, Lumic no y se apresuró hacia adelante. Le dio un puñetazo a Elrox en la cara con el puño izquierdo, pero no se movió en absoluto. Su piel no se hundió ni nada. Fue como golpear una estatua. Lumic saltó hacia atrás y Melissa sintió el dolor en la mano.

- ¿Ves? No puedes vencerme, ni siquiera puedes hacerme daño. - le dijo Elrox y sonrió.

- ¿Sabes? Quizás tenga razón, todavía podemos salir caminando de aquí. - le dijo Melissa a Lumic reconsiderando su posición en esta pelea.

- No, nunca me rindo en una pelea. Este tipo se lo merece. Nos usó a todos y planeó matar a tantas personas que no podemos detenernos ahora. - le dijo Lumic y formó la espada en su mano derecha. - Bien, dejemos todo lo que tenemos. - dijo Melissa cuando el entusiasmo de Lumic comprobó ser contagioso. Elrox comenzó a caminar hacia ella a paso lento.

- ¿No sabe qué tan rápida soy? A esa velocidad nunca me va

a atrapar. - dijo Lumic y en un instante estaban detrás de él. Elrox ya había anticipado eso y se había dado vuelta. Levantó la mano derecha y un chorro de agua de mar salió del suelo en donde estaban paradas y las desestabilizó.

La caída fue dura y cayeron de cara. - Entonces, ¿cuál es el plan B, Lumic? ¿Tienes algo interesante que pueda ser útil? - dijo Melissa cuando usó los brazos para impulsarse y volverse a levantar.

- No tenía realmente un plan de respaldo. - le respondió Lumic. Todo ese entusiasmo por pelear de repente desapareció. - Niña, no eres más que un show de luces con piernas. No puedes vencerme. Ni siquiera puedes dañar mi traje. Eres patética y tienes que darte por vencida. - le dijo Elrox y se cruzó de brazos.

- Seguro que puedo arruinar esos trapos a los que llamas traje, pedazo de un arrogante. - dijo Lumic y Melissa estaba intentando averiguar cómo demonios iban a hacerlo. - Bueno, si crees que puedes... - Lumic formó su fogosa espada blanca en un instante y casi al mismo tiempo disparó un rayo blanco de luz hacia él. Levantó a Elrox en el aire y lo lanzó al suelo en el medio de la conversación.

Cuando la luz desapareció, la mitad de arriba del traje de Elrox había sido triturada formando cintas. El Dios comenzó a reírse. - Muy bien, probaste tu punto. - le dijo mientras flotó enseguida para ponerse de pie.

- Recién he empezado a... - Melissa había comenzado a hablar, pero cuando lo vio se distrajo. Elrox se veía más humano de lo que se supone que se vería un Dios. Se veía como si fuera de la playa. Su cuerpo parecía que lo hubieran esculpido en piedra a la perfección y luego pasado a carne y hueso.

- Bueno, estás bastante bueno para ser un Dios. - dijo mientras recobraba el aliento. - Concéntrate, recuerda que no es humano, es un Dios. - le recordó Lumic. - Bueno, seguro se ve como esperaba que se viera uno. - le respondió y continuó. - Supongo que tendremos que arruinarlo de todas formas. Es una lástima. - dijo y casi se sintió mal por eso.

- Hasta su ciencia les debe decir que la fuerza más poderosa en el planeta es el océano. Soy el Dios del Mar, así que por su lógica soy más fuerte que cualquier otro dios o espada. El agua siempre gana y no tienen ninguna chance aquí, así que hagámoslo fácil para ustedes, solo ríndanse. - les dijo Elrox a ella, y Lumic respondió cargando contra él lo más rápido que pudo. Elrox sabía que Lumic haría eso y ya había comenzado el proceso para salirse del camino.

Lumic se estaba moviendo tan rápido que no pudo registrar que él ya se había movido. Elrox la agarró del tobillo y las paró en seco. Las giró y las dio contra el suelo, como si fueran un juguete al cual un niño enojado lanzaría contra el piso.

- Esta batalla está llegando a su final ahora, me cansé de esta tontería. - dijo Elrox mientras caminaba hacia Lumic. Se paró sobre ella, hizo crepitar el puño derecho con una energía azul justo antes de sumergirlo en su espalda. Brotaron unos rayos de luz intensa de la herida y arrancó a Melissa del cuerpo de Lumic.

La armadura blanca desapareció dejando solo a la espada yaciendo ahí. Estiró la mano para dejar que la espada fuera hasta la mano izquierda. Puso la punta de la espada sobre su corazón. La conmoción de haber sido arrancada la había dejado inconsciente.

- Si te importa esta elfa, solo un poco, terminarás esto ahora, Lumic. - le dijo Elrox y entrecerró los ojos. - Déjala ir ahora mismo. - dijo Shane y comenzó a correr hacia el campo. Pen y Yalen tuvieron que luchar para retenerlo. - No la matará, es solo para la batalla. - le dijo Pen y deseaba que fuera verdad.

- Déjala ir ahora mismo, patético intento de dios. Donde no lo hagas, me aseguraré que mueras antes de que termine esta noche. - le gritó Shane. Elrox ignoró a Shane. Mantuvo sus ojos verde océano mirando a su víctima con una sonrisa.

- Me detengo, me rindo, no la mataré. Por favor no me hagas hacerlo. - le suplicó Lumic. Elrox sonrió y las dejó caer a ambas al suelo.

- Nunca tuvieron chance. - dijo mientras se iba caminando y su traje se reformaba.

Shane se liberó y corrió hacia ambas con pasos estruendosos. Melissa estaba inconsciente, pero todavía viva. - Peleó bien, pero no era rival para el poder del océano. Saquémosla de aquí. - dijo Sholtan y la levantó con cuidado.

- Sé que no estás interesado, pero creo que puedo protegerla mientras se recupera, solo ponme nuevamente en su mano. - le dijo Lumic mientras se puso en el suelo. Shane no tuvo ni que pensarlo.

- Tienes razón, si las cosas se ponen feas puedes sacarla de aquí a toda prisa. - le respondió Shane y llevó a Lumic hacia la mano izquierda de Melissa, reformando el cuerpo alrededor de ella. Pronto ya estaba arriba y moviéndose otra vez.

- Va a estar bien, pero le va a doler la cabeza y el cuerpo por unos días después de esto. - les dijo Lumic cuando Sholtan la dejó en el suelo.

- Gracias. - dijo Shane y simplemente estaba aliviado de que no estuviera muerta. Regresaron con los demás. - Bueno con un mal espectáculo y pocas tácticas, Elrox es el ganador y el encuentro ahora está empatado. Es tiempo de que nuestros siguientes contrincantes se presenten a pelear. - dijo Taro con menosprecio en la voz.

A Elrox no le importaba lo que Taro pensara de sus métodos y no le prestó atención.

CAPÍTULO VEINTINUEVE

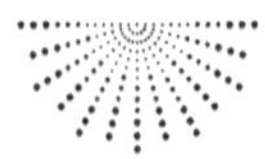

Taro suspiró y convocó a dos papelitos más hasta sus manos. La letra "b" y el número uno. - dijo entonces Taro. SIn saber quién vendría acontinuación, esperaba que el siguiente encuentro fuera mucho más parejo que el último. Loa respiró profundamente y dio un paso adelante. - Soy la letra "b", aparentemente. - dijo y se preguntó quién iba a terminar siendo su enemigo. Pen miró su papel. - Soy el número uno. - dijo al dar un paso adelante.

- Somos el número uno, querrás decir. - Tinea le respondió.

- Sabes a lo que me refería. - le dijo y suspiró. - Tú puedes, no te preocupes. - dijo Ventrix y le puso la mano en el hombro. Pen sonrió - Gracias - respondió y los dos subieron al campo de batalla.

- Ustedes son los que han estado causando todo este problema. ¿No habría sido mejor simplemente no haber hecho nada? - Les preguntó Loa cuando los enfrentó en la batalla. - Al principio solo quería corregir lo que había hecho mal, pero ahora que conozco el plan y el verdadero mal detrás de él, es decir ustedes, haré todo lo que pueda para salvar este mundo de cualquier plan arcaico que tú y tus amigos hayan planeado.

Además, ustedes me usaron y eso simplemente me saca de quicio. - le respondió Pen con la voz más malvada que pudo.

- Sí, lo que él dijo. - agregó Tinea. - Claro, el mal. Son tan limitados que piensan así. Pero no importa, lo haré corto. Tenía ganas de probar los límites de Arket, pero con ustedes me bastará. - dijo Loa y sonrió al tiempo que su vestido rojo se derritió por su cuerpo como si estuviera vivo y se fue convirtiendo de a poco en una esbelta armadura.

- Sabes, voy a odiar arruinar tu buena pinta. Si no estuvieras del otro lado, quizás podríamos llegar a ser amigos, pero ahora mismo tengo que vencerte. - dijo Pen al transformar sus manos en espadas largas instintivamente.

- Sí, tendrás que intentarlo. - dijo Loa con un poco de arrepentimiento en la voz. Su cuerpo comenzó a arder de un color anaranjado profundo. Embistió contra él, pero Tinea fácilmente se corrió del camino.

- Pen, ella no tiene ni idea qué clase de poderes tenemos. No le mostremos todo ahora mismo así la mantenemos adivinando. - le dijo TInea internamente. - Sí, te entiendo. - le respondió Pen cuando Loa lanzó dos rayos de llama verde en dirección a él desde los ojos.

- Amigos, quizás quieran hacerse un poco para atrás para esta batalla. Podrían salir lastimados. Esto se va a poner feo en poco tiempo. - le dijo Pen a sus amigos al levantar la espada izquierda para desviar el fuego hacia el suelo y las chispas salieron en dirección a ellos. Ninguno de ellos se molestó en hacerle caso y se mantuvieron exactamente donde estaban.

Tinea saltó sobre Loa y le pateó la espalda mandándola a al propio fuego que había iniciado. Las imponentes llamas simplemente desaparecieron al ser absorbidas de nuevo por su cuerpo.

- El fuego verde se ve lindo, pero vas a tener que hacerlo mejor que eso para impresionarme. - le dijo Tinea, arañando el piso con la espada izquierda para hacer sus propias chispas y burlarse de sus poderes.

El fuego del cuerpo de Loa paso de naranja directamente a blanco.

- Muy bien. Eso es fuego estelar. Nos derretirá si nos toca. - dijo Tinea y Pen sonrió. - No te preocupes. Jugué Combate Inmortal un par de veces, ¿recuerdas? - le respondió, pero sin sacar los ojos de Loa.

- No serás más que un montón de metal fundido cuando termine. Me beberé tus restos como tributo. - les dijo Loa y desde las manos salieron unos rayos gemelos de fuego completamente blanco. Pen corrió directamente entre sus brazos, saltó en el aire por encima de su cabeza y lanzó un torrente de niebla corrosiva en su cara de la espada izquierda.

A pesar de las llamas que la rodeaban, la niebla le dio en los ojos. Loa frenó el ataque de una y se apresuró a intentar sacarse esa cosa ácida de los ojos.

- Gracias, Brule. - dijo Pen para sí mismo. - Loa, escucha. Hay mucho más de dónde vino ese. No tienes idea contra lo que te enfrentas. - Pen intentó razonar con ella. Siempre intentaba hacer esto antes de luchar, pero la experiencia le decía que a veces tienes que clavarle el hacha en su cráneo antes de que entiendan el punto.

- No podemos hacer esto de pegar y correr. Va a incendiar todo. Tenemos que ponerle fin a esto. - dijo Tinea, algo que Pen ya sabía.

- Quemaré todo lo que aman. - gritó Loa y golpeó el pie contra el suelo. Empezó a erupcionar fuego estelar desde el suelo en varios lugares. Hasta los Dioses del otro lado comenzaron a echarse para atrás al igual que las espadas.

- No hay un patrón. Tenemos que mantenernos en movimiento. - dijo Pen. Gracias a la velocidad de Lumic esto era fácil, pero cada vez había menos lugares seguros para estar. - Ventrix, él nos tocó. ¿De casualidad pudiste copiar algo? - Le preguntó Pen.

- Sí, pero no tengo idea lo que hace. Pero tengo un sentimiento de lo que hizo y esa es la razón por la que hizo eso. Tú concéntrate en la luciérnaga esta y yo me centraré en eso.

- Claro, pero esto nos va a lastimar a ambos. - le respondió Pen al tomar el control total. Pen se apresuró hacia adelante, esquivando los pilares de llama blanca. - Oye, destello ardiente, mira esto. - dijo Pen y blandió la espada derecha hacia su estómago tan fuerte como pudo. La espada se derritió al impacto, pero el poder fue más que suficiente para mandarla a volar hacia sus amigos los dioses. Tinea gritó cuando la mano derecha se hizo líquida al contacto.

- ¡Pen! ¿Qué carajo fue eso? - Preguntó Tinea soportando el dolor. Pen tuvo la suficiente suerte de que su mano no estaba allí también. - Lo siento, pero necesitábamos algo de tiempo, sigue trabajando. - dijo Pen. La concentración de Loa se rompió y todos los pilares de fuego desaparecieron cuando aterrizó en el lado más alejado del cuadrilátero, pero seguía en llamas. Su cuerpo estaba derritiendo el concreto mientras yacía ahí.

- Vamos, levántate de una vez. Había escuchado eso de usar lo que sabes en tu ventaja, pero esto es demencial, incluso para ti. - le dijo Pen cuando Loa se levantó y todo lo que él podía ver eran sus ojos rojo sangre mientras seguía en su forma blanca.

- No lo entiendes y ustedes mortales nunca lo entienden. Sabemos qué es lo mejor y ustedes deben ser cauterizados, así que dejen de hacer todo mal. Deben ser purificados del mal que crece en ustedes. - gritó la misma línea que usaron antes.

- Sí, todavía está loca. - dijo Pen cuando el brazo derecho volvió a crecer. Luego una brillante capa negra cubrió su cuerpo, reemplazando el plateado brillante y reflectivo.

- Lo encontré. Ventrix es la espada de los muertos vivientes y todas las cosas oscuras. Su poder básicamente es negar la energía positiva, como digamos, el fuego y la luz. El opuesto de Lumic. Vamos a derrotar a esta diosa. - dijo Tinea y Pen sonrió, recordándose a sí mismo agradecerle a Ventrix luego por estar un paso adelante.

- ¿El fuego estelar no es básicamente luz solar? ¿No es una

mala idea, quiero decir, acaso tiene sentido? - Pen comenzó a preocuparse. - Sí y no, pero es complicado. Lo podemos discutir luego. Primero ganemos. - dijo Tinea y volvió a transformas las manos en espadas.

- Soy la diosa del fuego, soy cada una de las estrellas incandescentes, soy cada fuente luminosa - les gritó y centró sus rayos gemelos de fuego blanco en dirección a ellos y quedó envuelta en fuego.

- ¡No! - Gritó Shane desde las bandas cuando ocurrió esto.

Loa comenzó a reír, pero se detuvo cuando vio una forma oscura saliendo del fuego, caminando hacia ella. Las llamas blancas se apagaron a unos centímetros de la figura negra de Tinea.

- ¡¿Qué?! ¡No! ¿Cómo es esto posible? Xy, ¿qué creaste? ¿Qué horror es esto? - Loa estaba comenzando a entrar en pánico cuando dos manos negras la agarraron por la cintura estrujándola con facilidad hasta que desaparecieron con un gran chasquido que todos pudieron escuchar.

- Creé un monstruo. - susurró Xy para sí al ver los poderes de su creación liberados.

Loa gritó. Sus llamas desaparecieron y se apagó al caer de rodillas. Tinea la soltó y la golpeó en el costado de la cara con el puño derecho. Loa cayó al suelo sin ninguna elegancia. Pen no le dio oportunidad de rendirse. Se agachó y la levantó con los dos brazos. La diosa parecía muerta, inerte en sus brazos.

Los ojos pálidos de Elrox se abrieron bien grandes solo por un segundo y entró al campo de batalla. Nadie estaba seguro de lo que iba a hacer acontinuación.

- Aquí está tu amiga, Elrox. Fíjate como no amenazé con matarla. Eso es porque no soy como tú. - le dijo Pen y le entregó a Loa. Elrox la tomó.

- Gracias por no matarla. - le dijo. Se dio vuelta y se la llevó. Pen entrecerró los ojos, se dio vuelta y regresó con las espadas. - Creí que mi poder les sería útil. - le dijo Ventrix. - Gracias, esperaba que funcionara de la forma que pensé que lo haría. Podría haber salido muy diferente. - dijo Tinea y Pen se alarmó.

- Quieres decir que simplemente lo adivinaste. ¿Cómo pudiste hacer eso? - Pen estaba asombrado. - Tenía que hacer algo. Habríamos quedado como un charco si no hacíamos algo, así que de nada. - respondió. - Además, si alguna vez quemas partes de mí otra vez como recién sin previo aviso, te devolveré el favor. - agregó. Pen tragó saliva nervioso.

CAPÍTULO TREINTA

Taro estaba encantado de que su espada se las hubiera ingeniado para ganar y sonrió. También sabía que tenía que sacar a los siguientes contendientes para la pelea.

- Tinea es la ganadora, felicitaciones, pero el torneo debe continuar. - dijo Taro y dos papelitos volaron hasta sus manos. Taro las dio vuelta y las leyó en voz alta. - El número seis y la letra "g". - dijo en voz alta.

- Soy la letra "g". - dijo Xy en voz baja y se subió al cuadrilátero mientras que su vestido negro flotaba a su alrededor casi como si estuviera vivo. No mostraba emoción alguna mientras esperaba por quienquiera que fuera a ser su oponente. - Soy el número seis. - dijo Arket y por primera vez pareció bastante tímida en enfrentar a un enemigo. Todos los que recién habían visto la última batalla sabían que Arket no tenía oportunidad.

- No tienes que luchar contra ella. Puedes renunciar. Esta batalla nos haría empatar si la perdemos. - le dijo Lumic. - Sí, todos vimos lo que Tinea le hizo a Loa. No creo que esto termine bien para ti. - le dijo Brule. - Quizás, pero tengo que intentarlo, ¿verdad? - les respondió débilmente.

- No, realmente no tienes que intentarlo si no quieres. - les dijo Pen cuando pasó por delante de él. - Bueno, si se pone muy dura conmigo, se que ustedes me respaldarán, ¿verdad? - Preguntó Arket al subirse al cuadrilátero.

- Seré suave contigo. - le dijo Xy, sin nunca dejar de mirar a Arket en lo más mínimo. - Cuando estén preparadas para pelear, comiencen. - dijo Taro, sabiendo lo que todos en ambos lados sabían.

- Esto es por Loa. Es mi amiga y todos ustedes se han ganado lo que les viene. - le dijo Xy, pero su tono de voz nunca cambió ni un poquito. Arket formó la espada y la sostuvo en la mano derecha. Luego cargó contra ella lo más rápido que pudo.

Xy no se movió ni un centímetro ya que su vestido negró cobró vida, agarró a Arket por los tobillos y la hizo caer de cara al piso. Su espada candente chispeó al deslizarse por el pavimento.

- Haré esto rápido, me aburro. - dijo Xy mientras los zarcillos del vestido se separaron y envolvieron a Arket por la cintura y la levantaron hasta la altura de la cabeza. La llevaron cerca de la cara de Xy.

- Bien, hazme pedazos si eso es lo que vas a hacer. Hazlo de una vez y hazlo rápido. - dijo Arket, y justo cuando Xy estaba a punto de hablarle, unas llamas arcoiris salieron de sus manos, y dieron la vuelta para golpearla por la espalda liberando a Arket. Al mismo tiempo que Xy fue lanzada hacia adelante, Arket usó el puño derecho para golpearla en la cara. La diosa se tambaleó hacia atrás sorprendida.

La espada de Arket voló por el suelo de regreso a su mano. Sin una pausa saltó hacia adelante y blandió la espada hacia el estómago de Xy tan fuerte como pudo. Xy, moviéndose con mayor agilidad que Arket, le dio crédito por haber tomado la espada incandescente. Xy se giró y usando el impulso de Arket en su contra, la mandó a volar.

Arket cayó fuertemente, de cara y se intentó poner de pie,

pero Xy fue mucho más rápida y le puso la bota en la espalda, volviéndola a poner contra el suelo.

- No, no lo creo. - dijo Xy mientras que su vestido la envolvía y Xy se apartaba de ella. Otra vez la levantó en el aire y esta vez Xy la besó, justo donde debería estar su boca. Ni bien hizo esto, la llama arcoiris de Arket se apagó y Xy dejó caer el cuerpo sin vida al piso.

Xy lentamente dejó caer el cuerpo, al parecer, sin vida, al suelo. - ¡Tú! ¡No tenías que matarla! - gritó Pen. - Esta no está muerta. Hay una chispa de llama todavía dentro, pero habrá desaparecido con ustedes para el momento en que se recupere. - le respondió Xy y se alejó.

Lumic estaba al lado de Arket en un instante. - Te tengo, no te preocupes. - le dijo y la levantó para comenzar a caminar hacia el resto. Taro giró la muñeca y mandó la espada de Arket deslizándose hacia los demás.

- Para la sorpresa de ninguno, Xy ganó la batalla. El resultado ahora está empatado. Al menos quedan tres batallas para ver quién se queda y quién se va así que terminemos con esto de una vez. - les dijo Taro. -

Sí. Vamos a continuar con este tonto torneo y terminémoslo de una vez. Me estoy aburriendo solo de estar parado aquí. - le dijo Brolox. Estaba ansioso por pelear, pero su nombre no había sido seleccionado todavía, y estaba empezando a molestarse. Ver las batallas no era ni de cerca tan divertido como estar en ellas.

- Paciencia, grandote. No quedan muchas letras, estoy seguro que te va a tocar pronto. - le respondió Taro y sacó dos papelitos más. Los miró y largó un profundo suspiro. - ¿Podría el número siete dar un paso adelante, y la letra "a"? - les dijo Taro.

Ventrix miró su número. El siete era el suyo y dio un paso adelante. - Esta pelea es mía. ¿Quién es mi oponente? - preguntó a los dioses, pero ninguno parecía tener la letra.

- Yo soy tu oponente. - le dijo Taro y dio un paso adelante. - Pero tú estás prácticamente de nuestro lado. ¿Por qué pelearías contra mí? - Le preguntó Ventrix. - La espada tiene un buen argumento. ¿Cómo sabemos que no te dejarás ganar? No eres fiable. - le dijo Brolox.

- Tienen un buen argumento. ¿A alguno más que no haya peleado le gustaría pelear en mi lugar o confían en mí? - Les preguntó Taro. Solo tres no habían peleado todavía. Ventrix sabía que si Prolexa se ofrecía a pelear estaría acabado, pero no parecía estar interesada en tomar parte en la batalla. Algo extraño le ocurrió entonces. - Oye, ¿cómo es que hay tantas "x" en todos nuestros nombres? - Les preguntó de repente Ventrix

- Esa es una historia para otra ocasión. - le respondió Taro.

- Lucharé contra la espátula escuálida esa. Será una victoria fácil para nuestro equipo. - dijo Brolox de una y dio un paso adelante.

- Si nadie más está dispuesto a tomar mi lugar, supongo que Brolox será mi reemplazo. - dijo Taro y finalmente el Dios gigante estuvo feliz. - Finalmente. Simplemente es muy malo que tenga que conformarme con un flacucho debilucho como tú. - le dijo a Ventrix, quien apenas le llegaba al pecho en altura, a pesar de medir dos metros de altura, y era igual de ancho que uno de sus brazos.

- Muy bien cabeza dura, si quieres pelear conmigo es tú decisión, pero no digas que no te lo advertí. - le dijo Ventrix. - No me lo advertiste, así que no tiene ningún sentido lo que dices. - le respondió al poner un pie en el campo de batalla.

Ventrix ni se molestó en pensarlo mucho. No iba a dejar que se metiera en su cabeza y lo distrajera del asunto.

Ventrix no tenía idea de qué es lo que iba a hacer contra un titán como este, que vivió su vida únicamente peleando y no mucho más por lo que podía ver.

- Tú puedes. ¡Derrótalo! - Gritó Lumic desde las bandas. Brolox estaba cansado de esperar y se golpeó las manos. La fuerza del impacto lo mandó deslizándose hacia atrás, pero Ventrix se mantuvo firme al agarrarse del suelo con sus dedos como garras.

Ni bien paró de deslizarse corrió hacia adelante tan rápido

como pudo. Brolox estaba indiferente cuando saltó en el aire. Para sorpresa de absolutamente todos, cuando Ventrix contactó a Brolox con el puño, lo hizo tambalearse hacia atrás.

- Al parecer soy más fuerte de lo que parezco. Entonces si estás listo para tomártelo seriamente, yo lo estoy. - le dijo Ventrix al pararse derecho. - Tienes más lucha dentro de ti de lo que pensé. Estoy impresionado. Vamos a pelear diablillo de las sombras. - le respondió Brolox, sacudiéndose la conmoción del impacto.

Brolox cargó contra él con la intensión de destrozarlo de un solo golpe. Saltó en el aire y Ventrix no se movió ni un centímetro mientras sucedía esto. En el instante previo a que el puño derecho del gigante golpeara el suelo.

Ventrix saltó y corrió directamente por el brazo, que era lo suficientemente ancho como para poder hacer esto. En apenas segundos, se abrió paso todo hasta la cima, se giró y lo golpeó en la parte de atrás de la cabeza con el pie izquierdo.

Brolox se tambaleó hacia adelante, tropezó y se deslizó por el piso. Debido a su peso, hizo salir pedacitos de pavimento para todos lados. Ventrix aterrizó detrás de él y se cruzó de brazos.

El dios gigante se empujó para volverse a poner de pie y se dio vuelta, gruñendo. Esta vez avanzó hacia adelante a una marcha más lenta para evitar que pasara lo mismo otra vez.

Nuevamente, Ventrix no se movió cuando el puño derecho del gigante bajaba hacia él. Esta vez se cruzó de brazos a último momento para bloquear el ataque. El impacto quebró el piso debajo de él. Dio un paso adelante y le dio tres puñetazos en el estómago a Brolox tan fuerte y rápido como pudo antes de dar la vuelta y ponerse detrás de él.

- Soy la noche. - dijo al patearle la espalda con la rodilla derecha, mandándolo al suelo otra vez. Brolox estaba perdiendo la paciencia con este estilo de pelea. Era una manera de pelear cobarde a su entender.

- ¿Por qué no luchas como una verdadera espada? Todos

estos saltitos por todas partes no están haciendo un buen show. - le dijo a Ventrix al ponerse de pie y darse vuelta. - ¿Y qué, que te de masa? No lo creo. - le respondió, pero si quería probar la espada le daría su pedido. Dejó caer la mano izquierda a su lado. La espada se materializó de la nada y la agarró.

- Vamos, ven a buscar un poco de esto. - le dijo Ventrix y apuntó la espada hacia él. Brolox se enderezó, pero esta vez, no mordió la carnada. - No, esta vez tú vendrás hacia mí. ¿Qué tan estúpido crees que soy? - le preguntó. Ventrix estaba seguro que tenía todo esto planeado, pero aparentemente este Dios estaba empezando a volverse más listo de lo que había anticipado.

- Muy bien. Iré hacia tí si lo quieres de esa forma. - respondió Ventrix y comenzó a correr hacia él. Saltó en el aire para atacar al gigante tan rápido como pudo. Brolox simplemente se acercó y agarró a Ventrix de los brazos con la enorme mano derecha, parándolo en seco en el aire.

- Bueno, ¿no crees que podríamos hablar de esto o algo, verdad, grandote? - Preguntó Ventrix nervioso y Brolox sonrió al azotarlo contra el suelo pasándolo por encima de su cabeza.

El pavimento se resquebrajó y Ventrix salió rodando como si fuera un muñeco de trapo sin parar. Una vez que dejó de rodar, no se levantó. - Uh, maté al pequeñín. Qué lástima. - dijo el dios gigante, pero no pudo evitar hacer otra cosa más que sonreír por lo que fue su éxito.

- No, no me mataste, pero debo admitir que eso me lastimó bastante. - dijo Ventrix en voz baja mientras comenzaba a moverse y levantarse del piso. - Auch. - agregó mientras lo hacía. - Daba por hecho que no te levantarías después de eso y que todo esto iba a estar terminado. Estoy encantado de que decidieras levantarte nuevamente para que pueda seguir. - dijo Brolox.

Estaba bastante seguro que había visto todos los trucos de Ventrix y que no había nada que esta maleza pudiera hacer más que perder.

- No, todavía no he terminado, pero tengo que decir que eres demasiado fuerte a tu favor, aunque no eres lo suficientemente bueno para vencerme. Déjame mostrarte por qué. - dijo Ventrix al ponerse de pie y en ese momento la espada negra comenzó a chispear con energía púrpura. Levantó la espada que chispeaba y la apuntó hacia el cielo.

- Tengo el poder. - gritó cuando parecía que la mismísima noche comenzaba a hacerse líquida y fluir dentro de la espada. Brolox estaba confundido sin saber qué iba a pasar, pero todo se explicó rápidamente por sí solo cuando la espada apuntó hacia él y un rayo negro de una energía extraña se liberó en dirección al Dios.

El rayo se le clavó y le atravesó el hombro izquierdo. El brazo se le cayó al suelo haciendo un ruido sordo y le empezó a salir sangre azul de la agravada herida. Brolox apenas se dio cuenta de lo que pasó. El ataque fue tan exacto que pareció no provocar dolor al principio, pero eso no duró mucho.

Brolox comenzó a gritar de agonía y cayó sobre las rodillas.

- Precisas más que fuerza solamente para ganar una batalla. Deberías saberlo siendo un dios y todo eso. - le dijo Ventrix cuando la espada volvió a ganar poder para atacar por última vez. Brolox simplemente cayó de cara al suelo, dejando de gritar.

- Oh, ¿eso quiere decir que te rindes?, porque me parece bien si decides terminar con todo esto así. - le dijo Ventrix y esperó. No se olvidaba de todo eso sobre la segunda forma de antes, pero se preguntaba si el Dios iba a hacerlo o solo se iba a rendir. No estaba seguro. La sangre azul comenzó a hervir y a salir muy rápido por la herida de Brolox como si algo estuviera sacándola.

- Por supuesto que no ha terminado. Esto es tan predecible como uno de los estúpidos videojuegos de Pen. - dijo Ventrix y decidió no esperar a que esto terminara. La espada que chispeaba estaba apuntando al líquido y disparó el rayo nuevamente. Cortó al líquido que parecía estar formando otra figura y la interrumpió. La sangre azul se estampó contra el pavimento formando un charco inofensivo.

- Nunca jamás dejes que tu enemigo termine su transformación si puedes evitarlo. - se dijo a sí mismo Ventrix. Observó cómo la sangre comenzaba a regresar al cuerpo de Brolox y el brazo dañado se arrastraba hacia el cuerpo caído. Un segundo después de eso comenzó a moverse.

CAPÍTULO TREINTA Y UNO

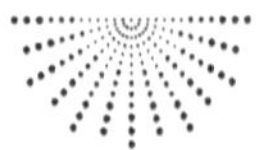

-Me rindo, he perdido. Sería bastante vergonzoso si cambio a mi segunda forma y de todas maneras pierdo. - dijo Brolox al impulsarse para ponerse de pie nuevamente. - Sí tienes cerebro después de todo. Buen trabajo. - le respondió Ventrix al desaparecer la espada.

- Eres una vergüenza para los dioses, Brolox. Tenías que ganar y perdiste. ¿Por qué eres tan inútil? Todo el rato diciendo que querías pelear y terminas perdiendo. - le gritó Elrox desde las bandas.

Brolox suspiró al darse vuelta para mirar a los otros dioses.

- Sabes, no eres muy amable. Lo subestimé. Es pequeño, ¿quién no lo haría? Me costó caro. No tienes que refregármelo en la cara. - le dijo Brolox y miró hacia abajo.

- Aparentemente sí, porque... - Elrox dejó de hablar ya que el gigante saltó hacia él y enroscó la mano que recién había sido devuelta alrededor de su torso para levantarlo en el aire. - Te destrozaré si no te callas. Fue una pelea justa y perdí. ¿Lo entiendes, chispitas? - Le preguntó Brolox mientras sus ojos estallaban de furia.

- Sin resentimientos grandote. Solo quiero que no nos desaparezcan, es todo. Y dejé que el estrés sacara lo peor de mí, tampoco soy perfecto. - dijo Elrox después de respirar profundamente. Brolox lo dejó en el suelo. - Sí, entiendo, seamos positivos. - le dijo Brolox y se dio vuelta para ponerse de frente a las espadas otra vez.

- Las espadas ganan, y esto las pone en el liderazgo. Si esto sigue así podríamos llegar a necesitar un desempate. - dijo Taro. Parecía más emocionado que ningún otro sobre esto.

- Genial, pero podemos simplemente continuar con esto para terminar con esta demencia. Eso estaría mejor. - le dijo Pen y Taro le parpadeó. - Por favor no antagonizes con el que me creó. - le dijo Tinea a Pen, preocupada.

- Lo siento, pero siento que todo esto es una pérdida de tiempo. SIento como que hay mucho más en esto de lo que nos está contando y no me gusta. - respondió Pen mientras miraba a la figura de Arket que seguía inerte en el piso y deseaba que estuviera bien.

- Y sin más tiempo que perder, nuestros siguientes contendientes van a ser. - dijo Taro y sacó dos papelitos más del suelo. - Número cuarto y letra "d". - finalizó Taro. Ahora era más fácil saber cuáles serían los contendientes. - Soy el número cuatro. - dijo Shane cuando Sholtan hizo añicos el papel y lo dejó caer al suelo. No le gustaba ninguna de las opciones de los enemigos que le podían tocar. - Soy la letra "d". - dijo Torax debajo de la túnica gris enorme que escondía la mayor parte de su figura.

- Shane, tienes que tener cuidado. - le dijo Pen. - Lo sé, gracias de todas formas. Aprecio que te preocupes. - respondió Shane cuando los dos dieron un paso dentro del cuadrilátero.

Torax se ocultaba debajo del tapado gris, apoyándose con fuerza sobre el delgado bastón de metal, mientras caminaba hacia adelante como lo haría un anciano.

- Eres un bruto y no tienes oportunidad. ¿Estás seguro de que quieres hacer esto, Shane? - le dijo Torax directamente. Shane ahora tenía preguntas, pero no tenía el tempo suficiente como para preocuparse en realizarlas.

- Sí, estamos seguros. Supongo que no tenemos opción. - le respondió Shane y Torax se enderezó. - Bien. Esperaba que pudiera fregar el piso con tu cara hoy. - le respondió el Dios y la capa desapareció revelando lo que parecía ser un chico de dieciocho años. Tenía el pelo plateado peinado hacia atrás y usaba una remera verde con jeans azules y championes con velcro. Torax apenas medía la mitad de la altura de Sholtan y se veía débil comparado con él.

- Eres medio pequeño para ser un Dios, ¿no? - Le Preguntó Sholtan, sin estar seguro de qué pensar. - Sí, seguro que sí. Pero también soy un ser mágico, así que a menos que quieras seguir diciendo bobadas podemos terminar con esto de una vez. - le respondió Torax y giró el bastón para levantarlo con las dos manos.

Shane se mantuvo indiferente. Sholtan, por otra parte, sabía que había más para temer que solo la apariencia exterior. - Cuidado. - le dijo Sholtan a Shane como advertencia.

- Bueno, mago, empecemos. - le respondió Shane.

Sholtan creó la espada roja gigante en su mano derecha y la blandió hacia abajo contra la cabeza de Torax. El pequeño se corrió hacia el costado y dio un giro cuando la punta del bastón empezó a brillar con una energía roja.

En el instante que la espada de Sholtan golpeó el suelo, Torax aprovechó la apertura y la punta del bastón se estrelló contra la cara de Shane. A pesar de la aparente debilidad del arma y su cuerpo, el impacto tenía tanta fuerza que Sholtan fue mandado un metro por el aire antes de tocar el suelo.

- La magia es tan divertida. Por favor levántate así puedo mostrarte más. - le dijo Torax al detenerse. - Tenemos que tener más cuidado. Este tipo es peligroso. - le dijo Shane a Sholtan.

- Lo sé, pero no sé si somos lo suficientemente rápidos para ganar. ¿Sabes algún hechizo protector anti-magia? - le preguntó Sholtan. - Solo uno. Vamos a tener que hacer esto de una forma diferente. - le dijo Shane. - ¿Qué es lo que tienes en mente? - Respondió Sholtan. - Pelearemos juntos, pero yo seré el que pelee. Transfórmate en espada e iremos a la inversa. - le dijo Shane.

- Hecho. - respondió.

Torax observó como el enorme cuerpo de Sholtan se transformaba en niebla roja y regresaba a la espada, dejando a Shane parado ahí. - Qué curioso que prefieras pelear contra mí en tu débil forma mortal. - Torax estaba confundido al ver esto.

- Déjate de palabrerías y pelea de una vez. - respondió Shane, sin sacarle los ojos de encima. - Es tu funeral. - dijo Torax con una sonrisa y comenzó a caminar hacia él. Shane no iba a dejar que controlara la pelea y corrió hacia adelante.

- Recuerda el plan. - le dijo Shane a la espada al blandirla contra el enemigo. Era obvio que no tenía entrenamiento de cómo pelear. El ataque parecía una payasada. Torax levantó el bastón para bloquearlo. Torax detuvo el ataque salvaje con éxito, pero no se esperaba lo poderoso que iba a ser. El impacto del ataque lo derribó a pesar de haberlo bloqueado.

- Entiendo lo que estás haciendo. - le dijo Torax con una sonrisa al volverlo a mirar. - No me interesa. - dijo Shane y caminó hacia él. Torax flotó hacia arriba y se cruzó de piernas en el medio del aire sosteniendo el bastón entre su regazo. Sonrió y chasqueó los dedos. Desde la tierra salieron una cadenas doradas y atraparon a Shane por los brazos y las piernas, atrapándolo contra el suelo.

- Soy el Dios de la magia, ¿recuerdas? La realidad es mi perra. Puedo hacer cualquier cosa que quiera. Hay una razón por la cual nadie me falta el respeto. - le dijo Torax. - Sí. Me doy cuenta. Apuesto a que tampoco has ganado ni una sola pelea sin usar magia en tu vida. - dijo Shane. Soltó a Sholtan que flotó en el aire y con facilidad cortó esas cadenas. Se deshicieron formando polvo al caer al suelo. Shane se puso de pie y volvió a agarrar la espada.

- Tienes razón. Nunca tuve que luchar contra nadie con mis puños porque mírame. Soy un flacucho debilucho, pero si de verdad quieres pelear contra un Dios mano a mano, te reto a que lo hagas sin tu preciosa espada. Uno contra uno, tú y yo. ¿Estás dispuesto? - Le preguntó y bajó al suelo.

- Te recomendaría que no lo hagas. Es un Dios después de todo. - le dijo Sholtan.

- Cierto, pero sospecho que esto no volverá a ocurrir, así que lo intentaré. - le respondió Shane y soltó a Sholtan. La espada quedó flotando en el aire a su lado. Torax tiró el bastón hacia el costado, pero éste tampoco tocó el piso. Extendió las piernas para pararse en el suelo y comenzar a hacer estiramientos.

Shane no tenía idea qué iba a hacer. No había estado en una pelea seria desde la escuela y había sido contra una chica, y para peor había perdido esa pelea.

- Muy bien chico mágico, terminemos con esto. - dijo Shane y Torax comenzó a correr hacia él. Agarró desprevenido a Shane y éste hizo lo único que se le vino a la mente que fue también correr hacia él. Shane se agachó y saltó hacia adelante. Golpeó a Torax y esperó que fuera de hierro o algo parecido, pero era de carne y hueso. Los dos cayeron al suelo, quedando Shane encima.

- Mira nada más, un lavaplatos tiene la chance de darle puñetazos a un Dios en la cara. Apuesto a que esto no pasa muy a menudo. - dijo Shane y comenzó a hacer exactamente eso mismo. El puño izquierdo golpeó a Torax en el costado de la cara. La sangre verde flúor de Torax le salió por la comisura de la boca, pero al mismo tiempo se pudo sacar de encima a Shane.

Torax se esforzó y se aferró a los jeans de Shane intentando sostenerse de algo, pero Shane lo pateó en la cara empujándolo hacia atrás.

Torax se recuperó y se puso de pie mientras Shane hacía lo mismo. El esquelético Dios corrió hacia él una vez más antes de que Shane pudiera recobrar completamente la postura y lo golpeó en la cara con el puño derecho. A Shane le sorprendió que el golpe no lo matara. Sintió como si estuviera peleando con una persona real y no con un Dios.

El puñetazo no lo noqueó, pero le dolió lo suficiente para

hacerlo considerar rendirse de una vez. No estaba muy acostumbrado a este tipo de castigos. Shane se recuperó y cargó contra Torax otra vez. No planeaba rendirse.

Shane agarró al Dios por los hombros y puso la rodilla izquierda en el pecho de Torax, sacándole el aire, pero al mismo tiempo Torax fue capaz de agarrar la garganta de Shane y comenzar a ahorcarlo. Shane intentó quitarse las manos de encima, pero el agarrón de repente se hizo más fuerte o él se estaba haciendo más debil, no sabía bien.

Sabiendo que tenía que escapar de cualquier forma, Shane le dio un puñetazo a Torax en la garganta. Funcionó. Al impactar el Dios salió rodando y retorciéndose de dolor.

Shane estaba haciendo lo mismo. Descubrió que no ser capaz de respirar por cierta cantidad de tiempo te hacía entrar en pánico y estaba agradecido que ya había terminado. Tenía los nudillos lastimados y la cara cortada, pero Shane rodó y comenzó a ponerse de pie nuevamente. Quería hablarle a Torax, pero solo al intentar empezar a hacerlo descubrió que iba a comenzar a toser, así que se detuvo.

Torax se estaba lamentando de esto. Le estaba tomando más tiempo de lo que había pensado y no tenía ganas de perder así. Ni bien había pensado la mitad del plan, Shane lo distrajo cuando iba a mitad de camino corriendo hacia él. Shane le dio un puñetazo a Torax en el estómago con el puño derecho que dobló a Torax. Luego Shane continuó golpeándolo en la cara con la rodilla izquierda.

El Dios se tambaleó hacia atrás, echando sangre verde flúor de la boca y de la cara que estaba cortada. Olvidándose de los planes, Torax sacudió la cabeza y salió cojeando en dirección a Shane. Shane no podía creer que ambos siguieran de pie después de todo esto.

Torax puso las manos juntas y golpeó a Shane en el costado de la cabeza como si estuviera bateando. Shane se comió el golpe y se tambaleó hacia la derecha unos pasos, pero se rehusó a caer. Sacudió la cabeza, intentó limpiarse la sangre de la cara, pero solo consiguió desparramarla. Igual ya no le importaba eso.

Shane no podía sentir algunas partes del cuerpo. El aire frío le anulaba el dolor, al menos eso es lo que esperaba.

- ¡Tienes que caer! ¡No te dejaré ganar! - dijo Torax y salió cojeando hacia él. Shane captó un destello en su ojo y no le gustó lo que esto significaba. - Lo mismo para tí, amiguito. - consiguió decir Shane casi sin aliento y fue cojeando hacia él. Shane tenía que terminar con esto lo antes posible y lo sabía. Aprontó el puño izquierdo, tomó todo el aliento que pudo como si fuera a invocar algún tipo de energía invisible.

Embistió hacia adelante y le dio un puñetazo a Torax en el lado izquierdo de la cara con un gancho salvaje. El impacto noqueó a Torax tirándolo al suelo, haciéndolo girar sobre sí mismo. Al golpear el suelo se escuchó cómo se quejaba. Shane esperaba que volviera a ponerse de pie, pero no lo hizo. En vez de eso solo se dio vuelta quedando de espalda. - ¿Ya te rindes? Le preguntó Shane respirando con dificultad.

- Diste una gran batalla, pero lo siento, tengo que hacerlo. Como dije, no te puedo permitir ganar. - dijo Torax con debilidad. - ¿Hacer qué? - Le preguntó Shane. Torax levantó la mano izquierda. - Zoro Maskim. - dijo débilmente. De la nada el cielo sobre ellos se iluminó y Shane miró hacia arriba.

- ¡No! - Gritó Sholtan y salió disparando lo más rápido que pudo para defender a Shane de un relámpago que caía del cielo. Shane se tapó los ojos de la luz. Sholtan redirigió el rayo al defender a Shane de ser golpeado y lo forzó a dirigirse hacia el cuerpo de Torax. El Dios gritó cuando la energía lo mandó a volar y lo dio contra el suelo, haciéndolo rodar prendido fuego.

- Me salvaste. - dijo Shane al caer de rodillas. - Claro que lo hice. Nadie puede hacer trampa y ganar mientras yo esté presente. - le dijo Sholtan y flotó hasta su mano.

- Déjame tomar el control para que puedas descansar. - dijo al tiempo que Shane levantaba el brazo lentamente y con dolor para tomar el mango de la espada. Instantáneamente la enorme figura rodeó a Shane. Sholtan se puso de pie y caminó hasta el cuerpo de Torax que todavía largaba humo.

- Parece que ganamos esta batalla. No puede hablar así que en realidad no puede decir que se rinde. - le dijo a los Dioses y se sintió tentado a destrozarle la cabeza con el pie.

- ¡Eso fue un espéctaculo brillante, chicos! Shane es el verdadero ganador aquí, pero ya que estaba en el equipo de las espadas esto cuenta como un triunfo para su equipo. - dijo Taro con una sonrisa y luego se dio cuenta de que había un problema.

- Como no pelee, ningún equipo será capaz de llegar a cinco, e incluso si Prolexa gana todavía quedarían los Dioses abajo por uno. Así que esto significa que perdemos automáticamente sin importar cómo resulte. - dijo Taro para todos. - ¿Significa que todo terminó? ¿Terminamos? - Le preguntó Pen.

- Parece que las espadas ganan por default. - dijo Taro con una sonrisa.

CAPÍTULO TREINTA Y DOS

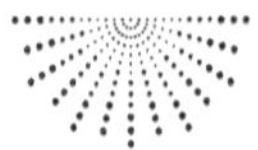

-Eso no es justo. No son ni siquiera las reglas con las que acordamos esto. - le dijo Elrox y los otros Dioses empezaban a enojarse también. - No sean malos perdedores. Al menos pudieron pelear. Todo lo que hice fue estar aquí y mirar. - dijo Brule y se sintió dejado de lado.

- Brule, déjame contarte un secreto. Cuando te hice, fuiste la cosa que literalmente me costó menos esfuerzo hacer. Eres igual que una lata aplastada al costado del camino. - le dijo Elrox. Brule se sintió horrible cuando Elrox le dijo eso y se quedó mirando el piso.

- Oye, no importa, igual él es mejor de lo que tú nunca serás. - le dijo Ventrix a Elrox, saltando a defenderlo. - Gracias. - dijo Brule, pero todavía se sentía horrible. Su creador le acababa de decir que era un inútil y eso era algo que a su mente le costaba superar.

- Oh, no te sientas tan mal Brule. Elrox solo es demasiado estúpido como para saber cuándo debe callarse. No lo dijo en serio, te lo prometo. - le dijo Prolexa, sintiendo que Elrox había ido demasiado lejos.

- Sí, lo dije en serio. - Retrucó Elrox enseguida. Xy solo sacudió la cabeza asombrada.

Torax comenzó a levantarse del suelo. Estaba completamente curado cuando se dio vuelta y su bastón voló hasta él. Se apoyó sobre él.

- Sabes. Creo que deberíamos tomar este mundo. Somos Dioses. ¿Por qué estamos jugando según unas estúpidas reglas de un estúpido juego? - les preguntó. - El niño magia tiene un punto, quiero decir, ¿a quién le importa todo esto? - les dijo Loa.

El lado de las espadas del cuadrilátero estaba empezando a ponerse nervioso por cómo estaba yendo la conversación. Arket todavía no se había recuperado y esto hacía sentir a Pen aún peor. Antes de que esto se pusiera mal intentó hacer algo.

- Tinea, necesitamos a arket así que la voy a prender fuego. ¿Pudiste copiar los poderes de Loa, verdad? - le preguntó.

- Claro que sí. ¿Creíste que perdería una oportunidad así? Estás loco. - le respondió. Pen disparó un llamarada de fuego estelar y cubrió a Arket con eso sin avisarle a nadie. Todos se alejaron en un apuro. - Un pequeño aviso la próxima, Pen. - dijo Shane mientras él y Sholtan se alejaban del fuego. - Lo siento. - respondió Pen.

Con el cuerpo ahora encendido comenzó a retorcerse y lentamente a recobrar la vida. - Eso era todo lo que necesitaba. Bien. - dijo Pen y puso la atención de nuevo en la situación que los apremiaba.

Taro los escuchaba discutir y convencerse de que seguir las reglas era un plan estúpido.

- Ahora es hora de contarle a la gente la verdad. - dijo Taro y todos los Dioses rápidamente se callaron. - No te atreverías, no lo harías. - le dijo Prolexa instantáneamente. - Puedo y lo haré. - dijo Taro y se dirigió a los demás. Los Dioses enseguida se pusieron nervioso. Sin estar seguros de qué hacer, miraron a Elrox para que los liderara. El Dios del mar estaba petrificado sin hacer nada en absoluto.

- Quieren saber la verdad sobre este mundo. Bueno, engañamos a todas las razas de aquí. - dijo Taro y todas las personas en el otro lado de repente perdieron toda su confianza.

- ¿A qué te refieres con engañar? - Le preguntó Yalen. - Cuando vinimos a este mundo, ustedes ya existían. Eran muchas razas. Muchos tipos de personas con ideas diferentes, pero nunca habían escuchado sobre un Dios antes. - dijo Taro y continuó. - Entonces se me ocurrió el plan de convencer a todos en este mundo de que nosotros los habíamos creado. Solo tomó un cuantos miles de años hacer que la gente verdaderamente creyera que nosotros eramos sus Dioses. Mataban en nuestro nombre a veces. - les dijo Taro y su sonrisa desapareció.

- Esperen, ¿ustedes vinieron? ¿De dónde provienen los Dioses? - Le preguntó Pen y nada de esto tenía sentido. - Simple. Un Dios es como otra raza de seres como los elfos, los trol o los humanos. Simplemente somos otro tipo de seres vivos. Muy elementales. Nos capacitamos en el centro del Omniverso y somos muy parecidos a ustedes. Algunos de nosotros somos especiales y podemos hacer muchas cosas. La mayoría usualmente son solo buenos para una o dos cosas como mucho. - le respondió Taro.

En este Omniverso hay literalmente trillones de universos. Nadie sabe realmente cuántos al cien por ciento. Dicen que son infinitos. Muchos de ellos vacíos. Patios de recreo para los que son como nosotros. Pero hasta nosotros tenemos nuestras historias de creación. - dijo Taro y esta información les hizo estallar la cabeza.

- Los ocho somos, por falta de una palabra mejor, fallas en lo que se refiere a ser Dioses. Cada uno de nosotros tenía su propio mundo. Pero al ser tan obsesivos como somos con nuestros elementos, los mundos que creamos todos fallaron. Nos faltó maestría con la mejor herramienta, la que los Dioses llamamos equilibrio. - dijo Taro con una risa.

- Los ocho nos vimos en un encuentro y solo teníamos una cosa en común, que habíamos fallado. Así que decidimos que los ocho juntos gobernaríamos un mundo. Bastante rápido nos volvimos amigos. - dijo Taro con una sonrisa.

- Y por un tiempo funcionó. Pero no sabemos quién los creó.

Nunca encontramos ninguna evidencia de que alguien lo hiciera tampoco. - terminó la historia Taro.

- Entonces, ¿cuál es mi función? ¿Por qué existo, o cualquiera de nosotros? - Le preguntó Tinea a su creador. - Simple. Las razas de este mundo no nos necesitaban antes, e incluso aunque por un tiempo fuimos capaces de convencerlos de adorarnos, la normalidad de este mundo regresó y comenzamos a perder acceso a este mundo. Verán, no somos dependientes de su creencia en nosotros. Ningún Dios lo es. - Taro continuó la respuesta.

- Sin embargo, si no creen en nosotros, perdemos el poder para interactuar con el mundo a un nivel directo. Así que hicimos las espadas para el mundo y se las dimos a las razas mortales como nuestro último acto. Les dijimos que las espadas mantendrían la oscuridad a raya. - dijo Taro y continuó.

- Usamos nuestra propia historia de creación para esta parte. Pero el plan real era que las espadas causarían los suficientes estragos como para que nos necesitaran otra vez. El problema era que los mortales eran leales y nadie liberaba a ninguna de ellas. - dijo Taro y se cruzó de brazos.

- La única razón por la cual Pen fue elegido fue porque su padre descubrió nuestro secreto y no podíamos arriesgarnos a exponer la verdad, por lo tanto cuando estuvo en la Distancia, lo capturamos. Quien mejor para empezar el plan que el hijo de quien amenazó con arruinar todo. - le dijo Taro a Pen y Tinea.

- Arruinaron mi vida. La vida de mi madre. Todos ustedes son responsables y si hubiera una manera de matarlos, los mataría a todos. - Pen estaba enojado y Tinea lo estaba manteniendo a raya por ahora.

- Sé que lo harías, pero esa es la razón por la cual existe Tinea. Le di dos dones. El poder de la mímica, y el poder del corazón. Conoce la diferencia entre el bien y el mal. Pen, originalmente se suponía que te tocaría Ventrix, pero cambié un poco el proceso de selección. - le dijo Taro.

- Sin duda me hubiera apoderado de su mente en un instante.

Cualquiera de nosotros hubiera hecho exactamente lo que hicimos. - le respondió Ventrix. - Pero tú y tus amigos han probado haberlo superado para mí, así que se los agradezco. - les dijo Taro.

- Bueno si la hora de la historieta terminó, creo que es momento de matarlos a todos y dejar este show en el camino. - les dijo Elrox y encendió las manos con energía azul para atacar. - Este mundo no les pertenece. No tienen ningún derecho a tomarlo. Nunca lo tuvieron. - dijo Arket débilmente al ponerse de pie. Su cuerpo brillaba con la luz.

- Exactamente. Nos convirtieron en armas y ahora vamos a acabarlos. - le respondió Zolar a Elrox. - Oh, esto no está saliendo como lo había visto en mi cabeza. - dijo Taro a nadie en particular.

CAPÍTULO TREINTA Y TRES

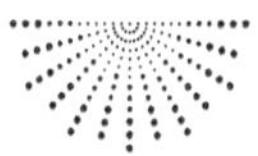

\- Yo tampoco. Pensé que iba a ser una transición mucho más pacífica. Más perdón y menos ira. - la chica de ojos azules estaba parada justo al lado de él. Taro junto con todos los demás quedaron asombrados con la nueva voz y todos se dirigieron a ella para prestarle atención.

\- ¿Y quién eres tú? - Le preguntó Taro. Ella sonrío. - Pen, Shane y Melissa saben quien soy. Debería estar despierta ya. - les dijo.

\- Eres la comerciante de antes. - dijo Shane y la sangre de Pen casi se congela cuando ella dio dos pasos hacia adelante. Una niebla negra la rodeó y reveló la figura del dueño de la tienda al salir de ella.

\- Sí, soy Bob. Encantado de conocerlos. - dijo, tranquilamente, y en ese momento era el único que estaba calmado.

\- ¿Qué significa todo esto? ¿Quién eres? Y dame una sola buena razón para no matarte ahora mismo. - dijo Elrox muy enfadado al mismo tiempo que Bob le lanzo su gélida mirada de ojos azules. - ¿Saben por qué nunca encontraron ninguna evidencia de quién creó a las personas de este mundo? Bueno, es porque no dejé ninguna pista. - dijo Bob y Pen dio unos pasos atrás.

- Tú no eres real, solo eres un personaje de un libro. Ni siquiera de un libro bueno. - dijo Pen y Bob sonrió. - Estos Dioses me conocen bajo un nombre diferente. Soy conocido bajo billones de nombres diferentes a lo largo de los billones de mundos. En algunos mundos, ciertas personas creativas se inspiran y escriben sobre mí. En otros soy bien real. - dijo Bob con una sonrisa y los Dioses dieron un paso atrás.

- No puedes ser. Solo eres una historia que lo Dioses ancianos inventaban para asustar a los niños. Recuerdo las historias. - dijo Xy con un poco de emoción en la voz finalmente, miedo.

- Toda historia viene de alguna parte. Saben quien soy. - les dijo Bob a todo con una voz más profunda que anteriormente.

- ¿Qué planeas hacer? - Le preguntó Pen, pero no estaba seguro si preguntarlo era una buena idea. - Bueno, imagínense volver a tu hogar después de unas largas vacaciones y ver como tu casa está llena de personas que no conoces que intentan arruinar el lugar. ¿Suena como algo que alguno de ustedes toleraría? Por supuesto que no. Por eso, voy a eliminar a estos Dioses adolescentes y a limpiar la casa. - dijo Bob con una sonrisa.

Pen entró en conflicto. Por un lado iba a resolver un gran problema, pero resultaba que estos Dioses eran prácticamente solo niños y todavía estaban aprendiendo. Eso explicaba su comportamiento y sus métodos casi completamente.

- Demonios. No te puedo dejar hacer eso Bob. - dijo Pen de mala gana. - ¡Sí! Espera, ¿por qué no? - Le preguntó Shane.

- Creo que estos Dioses no son tan diferentes que nosotros cuando eramos adolescentes. Son solo adolescentes. Digo, solo míralos. Ni siquiera son parientes. Solo un conjunto de fracasados que se juntaron y se les subió a la cabeza. Hicieron algo estúpido. Todos nos podemos identificar con algo así supongo. - le respondió Pen.

- Niños, soy el abismo. Hago que los Dioses tiemblen solo al mostrarme. Quizás deberían repensar este plan de hacerme frente. - Les dijo Bob, pero los Dioses ahora estaban junto a las espadas. Todos juntos unidos de repente.

- Puede ser, pero igual tenemos que intentar vencerte. Este es nuestro mundo ahora y tú no puedes tenerlo. - le dijo Prolexa con una voz temblorosa. Bob suspiró y se tronó el cuello. - Muy bien. Planean pelear conmigo todos juntos o deberíamos hacer de a uno a la vez. De cualquier manera me da lo mismo. - les dijo Bob y se cruzó de brazos.

- Si sobrevivimos a esto, de verdad tenemos que hablar sobre sus habilidades de planificación, pero por ahora estamos del mismo lado. - les dijo Pen.

- De acuerdo, pero no creo que sobrevivamos a esto. - le respondió Loa.

- Genial, está decidido. Morirán todos juntos. Haré un lindo monumento a su muerte con lo que quedé de este mundo cuando termine con él. - les dijo Bob con una sonrisa.

Tinea se apresuró en ir adelante primero, pero Bob no se movió en lo más mínimo. Tinea se dio contra un muro invisible y rebotó hacia atrás cayendo al suelo. Bob ni siquiera registró lo que hizo en lo absoluto y comenzó a caminar hacia adelante.

- Bueno, ¿alguien tiene alguna buena idea? - Preguntó Sholtan mientras Bob se les acercaba. - Sí, ¡luchar! Separémonos. - les dijo Nolber. Ninguno podía discutir esa lógica así que corrieron para todos lados. - Corren como cucarachas cuando alguien enciende una linterna. Supongo que tiene sentido considerando lo que son. - les dijo Bob cuando un rayo de fuego blanco envolvió su figura. Loa y Arket dispararon al mismo tiempo desde lados opuestos del cielo.

- Tostado, me gusta. - dijo Bob y ni se perturbó un poco con todo eso. Bob voló a través del fuego y agarró a Arket de la garganta más rápido de lo que podía reaccionar. - ¿No sabes que si juegas con fuego te quiebran el cuello? - Le preguntó Bob cuando Elrox lo golpeó en el costado llevándoselo. Arket apenas había tenido tiempo de registrar lo que estaba pasando.

- ¿Estás bien? - Le preguntó Loa ya que casi instantáneamente estaba al lado de Arket.

- Bien. No nos preocupemos por esto ahora. - le respondió.

Brolox cargó el puño hacia atrás y le dio en la parte superior del cuerpo a Bob con toda la fuerza que pudo juntar. La onda de impacto rompió los pilares e hizo olas de viento para todas partes. Bob solo se deslizó un poco hacia atrás, agarró a Brolox por el dedo del medio y lanzó al gigante con una facilidad terrorífica. Brolox viajó por la noche, se estrelló contra cosas que no se veían y desapareció.

Ventrix disparó el rayo de su espada hacia el pecho de Bob. Éste absorbió el impacto y se deslizó apenas un centímetro hacia atrás, pero no pareció verse afectado por eso para nada y empezó a caminar hacia adelante mientras el rayo todavía seguía golpeándolo.

- ¿Cómo vamos a vencer a esta cosa? Es invencible. - les dijo Elrox a todos los que podían estar escuchando. - Seguimos luchando hasta que encontremos una debilidad. - respondió Prolexa al mismo tiempo que lanzaba unos rayos de luz gemelos en la espalda de Bob. Bob abrió los brazos y lanzó una onda de fuerza invisible para todos lados, que alejó a todos de él como si fueran juguetes.

Tinea voló hacia él e hizo aparecer la espada en la mano derecha y le atravesó el pecho a Bob con todo el poder que pudo acumular. Los ojos de Bob se abrieron. Agarró a Pen por el pescuezo y lo lanzó con facilidad.

- No lo creo, pero fue un buen tiro. Solo díganme, ¿cómo lograron hacerlo quisiera saber? - Dijo Bob cuando su herida se curó junto con el traje negro en segundos.

Xy, Yalen y Nolber combinaron sus poderes para crear un rayo gélido negro. Golpeó a Bob en la espada y lo noqueó. - Trabajo en equipo es la debilidad. Lo podemos vencer. - dijo Nolber al ver esto. Bob estaba cubierto con hielo negro solo por un segundo antes de simplemente ponerse de pie.

- Por supuesto, sabemos cuál tiene que ser el plan. Es obvio. - les dijo Elrox. - Sí, te entiendo. Vamos a hacerlo. - acordó Xy.

- No vas a ganar aquí. Ni siquiera pienses en la victoria. Voy a tomar lo que los hace funcionar y destrozarlo desde el interior. ¿Entienden? - Dijo Bob a todos y se estaba cansando de ser generoso en esta pelea. Sus manos empezaron a encenderse con fuego rojo.

Abrió las manos y lanzó unos rayos de fuego hacia todos lados como si fueran serpientes. Golpearon a todos y los pusieron de rodillas. - Ven, ¿no está mejor así? Todo lo que tienen que hacer es arrodillarse ante mí y estarán muertos. Eso es todo lo que tienen que hacer. Los niños son tan difíciles. - dijo Bob cuando cayeron. Los rayos de fuego se detuvieron, pero las llamas rojas seguían en las víctimas, dejándolas en el suelo. Incluso Arket parecía inmovilizada por ese fuego extraño que la rodeaba.

- Ahora es un buen momento. - dijo Elrox débilmente. - Suena bien. Oye Pen, despierta. - le dijo Torax y Pen intentó ponerse de pie, pero las llamas extrañas le absorbían toda la fuerza que tenía. - Estoy vivo, pero no sé por cuánto tiempo más. - le respondió Pen.

- Bien, veamos qué tan buenos son tus poderes de imitación. - dijo Torax al extender el bastón y dejar salir un rayo de energía blanca. Todos los Dioses hicieron lo mismo al mismo tiempo, al igual que las espadas al darse cuenta de lo que hacían. Concentraron sus poderes y se los lanzaron a Tinea.

En el instante en que todos golpearon a Tinea, gritó y tanto Pen como ella se desmayaron.

Pen se despertó sosteniendo la espada mímica en la mano, de vuelta en el vacío.

- ¿Morimos? - Preguntó Pen enseguida.

- No, pero los demás están contando con nosotros para ganar, pero nos lanzaron todos sus poderes al mismo tiempo y quedé sobrecargada. Ahora mismo asumo que todos están en pánico, pero no hay forma de que pueda poner en orden tanto poder de una sola vez. - le respondió. - Bueno, tenemos que hacer algo porque el abismo no esperará a que nos recuperemos. ¿Qué puedo hacer para ayudar? - Le preguntó Pen y miró a su alrededor.

- Nada. Solo necesito pensar, concentrarme. Es demasiado a la vez. - le respondió. - No lo es. Podemos manejarlo y ambos lo sabemos. Solo necesitas encontrar tu centro. - le dijo Pen. - No entiendes. Todos estos poderes son como voces en mi cabeza. Todos gritando, queriendo ser usados de una vez. Pero no sé cómo hacerlo. - le respondió.

- Bueno, ¿no podemos combinarlos en una sola cosa? Quiero decir, sé que es un poco cliché, pero ahora no tenemos muchas opciones. - le dijo Pen. - No, no tengo la habilidad de hacer eso. No soy como tú. No tengo alma, no estoy realmente viva y solo puedo absorber tanto poder después de sobrecargarme. - le respondió.

- Necesitas un alma, bueno, usa la mía. - le sugirió Pen enseguida. - ¿Y cómo haría eso? - le preguntó. - Bueno, puedes usar los poderes de Torax, ¿no? Es un hombre de magia así que quizás puedes improvisar un hechizo que nos permita que eso funcione. - volvió a sugerir Pen. - No, eso tomaría mucho tiempo. Tengo un plan B, pero no creo que vaya a gustarte. - le dijo y Pen levantó la ceja.

- Déjamelo a mí. - dijo desafiante. - Tengo que atravesarte, por el corazón aquí en el mundo de los sueños. Me permitirá acceder a tu alma el tiempo suficiente como para que podamos intentar devolver esta cosa adonde pertenece. - le dijo, y Pen tragó saliva considerándolo. - Hazlo. - le dijo y suspiró profundo.

- ¿Estás seguro? Te va a lastimar. Te podría hasta matar. - le dijo, preocupada. - Confío en tí, y si muero, tú podrás seguir lo suficiente como para salvar a todos. - le dijo Pen y soltó la espada que flotó frente a él. - Gracias por ser mi amigo. - le dijo Tinea. - Igualmente. - le respondió Pen con una sonrisa.

Tinea puso la espada contra su pecho y la clavó hacia

adelante, atravesando todo su cuerpo. Pen sintió un frío al caer de rodillas.

El cuerpo copiado de Tinea permanecía acostado sin moverse detrás de Bob mientras los demás lo rodeaban, clavado al suelo con un poder sobrecogedor.

- Así es como todo termina, tendidos a mis pies, a punto de morir justo como siempre lo dije. Admitámoslo, han estado entrometiéndose en mi mundo por demasiado tiempo y tengo planes para este lugar de los cuales ustedes no forman parte. - dijo Bob con una sonrisa.

- Todavía no estamos acabados, mira un agujero negro desmesurado detrás de ti. - dijo Taro y sonrió. Bob dio vueltas los ojos y decidió caer en la trampa. Se dio vuelta para ver el fuego rojo saliendo del cuerpo de Tinea.

- Bueno esto es raro. - dijo Bob al elevarse del suelo.

- Te esforzaste e intentaste matar a mis amigos y mis enemigos. No estoy segura de cómo me debo sentir sobre eso, pero sí sé una cosa, tienes que irte. - dijo con una voz que era mezclada entre la de Pen y la suya. - La espada y el humano se han fusionado. Interesante. - dijo Bob cuando Tinea explotó con una luz dorada. Bob no se cubrió los ojos, pero el resto de ellos tuvo que hacerlo.

La luz fue desapareciendo y ahí estaba ella con una piel dorada y ambas espadas encendidas con fuego azul. - Te voy a dar una chance. Tienes que abandonar este mundo. - le dijo con una voz calmada, todavía siendo una mezcla de voces.

- ¿O qué? ¿Con todos sus poderes combinados lucharás contra el crimen y contra mí? Pero vas a perder contra mí. - dijo Bob, mirando esa luz sin vacilar.

Tinea levantó ambos brazos y disparó un fuego azul contra Bob. Para su sorpresa, lo sintió y tuvo que bloquearlo.

- Eso no fue posible. - dijo Bob para sí y Tinea voló hacia adelante para atravesarlo con la espada izquierda. Luego sacó la espada y le deslizó la espada derecha por la garganta con una velocidad sorprendente. Bob se tambaleó hacia atrás y se preparó para pelear.

- No. Estás acabado. No va a haber una pelea prolongada, no va a haber muestras de poder. Sin oportunidades. - dijo Tinea con la voz combinada y con una velocidad explosiva ya estaba atrás de Bob. Cortó el aire y en vez de que nada pasara, el aire mismo se cortó y el viento empezó a soplar fuerte. - ¿Cómo pudiste? SImplemente no es posible. No por seres como ustedes. - dijo Bob, tomado por sorpresa.

- Los subestimé y eso es mi culpa pero... - Tinea no estaba de humor para escuchar nada de lo que Bob tuviera para decir y usó las llamas azules para golpear a Bob y enviarlo a través del agujero. Juntó los brazos y la entrada se selló como si nunca hubiera estado ahí para empezar.

- Adiós y no regreses. - le dijo mientras miraba desaparecer al portal.

Los demás comenzaron a ponerse de pie, impresionados y asustados con lo que acababan de ver. - Tinea, ¿todavía estás allí? - le preguntó Taro, pero no le respondió. Su cuerpo seguía encendido con la luz azul y dorada.

- Tenemos que irnos. - dijo, pero se dio vuelta y los miró. - Espero que todas las espadas vuelvan a la casa de Pen antes de que el salga sol. Dejarán a sus anfitriones en un lugar seguro. - las miró y luego se dirigió a los Dioses.

- Ustedes, los ocho, permanecerán aquí en este mundo, pero ayudarán a que progrese y no a destruirlo como planearon. Tengo el poder para detenerlos a todos ahora, así que compórtense y no tendremos problemas. - dijo Tinea y antes de que cualquiera pudiera decir algo salieron disparando hacia el cielo nocturno y desaparecieron. Taró sonrió cuando se fue.

- Como regalo final, les otorgo a todos el poder de tomar una forma humana. Las cosas van a ser diferentes de ahora en adelante y quizás precisen pasar desapercibidos. - dijo Taro a las espadas y chasqueó los dedos. Y así como lo dijo, todo pudieron sentir que era verdad.

- Ya escucharon a la dama. Tenemos cosas que hacer y lugares en los que estar. - les dijo Lumic y salió volando hacia el cielo. - Oye, ¿podrías dejarme en mi casa primero? - Le preguntó Melissa mientras volaban. - Claro, ningún problema, solo indícame el camino. - - ¿Quieres decir que no puedes solo leerme la mente? - Preguntó Melissa.

- Ah, supongo que nunca lo intenté. Puedo intentarlo. ¿Debería? - Preguntó Lumic, todavía super emocionada. - No. Solo ve a Vasaria. Te mostraré el camino desde aquí. -

- Tenemos muchas cosas a tener en cuenta. - dijo Elrox, pero miró a Brule. - Escucha, no hablaba en serio con eso que dije antes. Cuando te hice, estaba orgulloso de ti, y todavía lo estoy. Pero por ahora vamos a dejar que te hagas cargo de ti mismo. Si necesitas hablar solo llámame. - le dijo Elrox y Brule se cruzó de brazos.

- Más te vale. No te preocupes, sabía que estabas mintiendo de todas maneras. No hay resentimientos. - le dijo, pero su tono no cambió mucho. - Estaremos en contacto. - dijo Loa con una sonrisa y desapareció junto con los demás.

- Sholtan voló hacia el cielo después de Lumic, yendo hacia la casa de Shane para dejarlo ahí. - Agradezco el aventón, pero ¿podrías simplemente seguir a Melissa? Me vendría bien un hechizo de curación. No creo poder mantenerme de pie por mi mismo. Acabo de salir de una pelea con un Dios y todo eso. - dijo Shane mientras el dolor seguía disminuyendo en todo su cuerpo.

- Por supuesto amigo. Haremos una parada rápida ahí. No te preocupes, recuerdo el camino. - le respondió Sholtan. - Gracias, te lo debo. - le respondió Shane y descubrió que ya no le quedaba mucha energía para hablar.

- Puedes simplemente dejarme en Vasaria. Mis amigos deberían seguir allí. - dijo Tommy, muy decepcionado que no tuvo la oportunidad de pelear, pero igual se sentía honrado por haber sido elegido y por haber formado parte de la batalla final al menos.

- Oye, eres un anfitrión genial. Si en algún momento precisas algo solo llámame. Estamos conectados mentalmente así que acudiré en tu ayuda. - le dijo Yalen cuando voló por el aire. - Notable, suena grandioso. - le respondió Tommy mientras disfrutaba del paseo por el aire de la noche fría.

Tinea voló directamente a la casa de Pen y aterrizó en el patio del frente. Entró caminando y fue hasta la habitación. Se tiró en la cama y se despegó de él para volver a tomar la figura de Lana Volente.

Pen estaba en la cama, pálido, pero seguía respirando. A Tinea le tomó unos segundos darse cuenta que haber fusionado el alma no lo mató después de todo y estaba aliviada.

Salió caminando hacia la sala de estar y se sentó en el sillón. Se sentía raro no hacer nada después de haber hecho todo eso durante las últimas horas.

El mundo estaba salvado y nadie sabría todos los detalles, pero ahora todo había cambiado.

Pen deambulaba por un campo enorme lleno de flores verdes extrañas que nunca antes había visto.

- Felicitaciones por la victoria. - le dijo el padre de Pen desde atrás. Pen se dio vuelta. - Puedo llevarte a casa, ¿sabes? - Le dijo Pen. . No. Hay mucho por ver en este mundo. Estaría muy aburrido si me llevaras a casa, pero ¿sabes qué? Siempre podré encontrarte en tus sueños si necesitas hablar conmigo. - le dijo y sonrió. Continuó.

- Tampoco te preocupes por tu madre. Una vez que los Dioses no estuvieron en el camino también fui capaz de ir a sus sueños y explicarle todo. Ella entiende e incluso quiere encontrar la manera de venir aquí. Ama explorar cosas nuevas. - le dijo y miró a lo lejos.

- Pero los extraño, ¿sabes? No va a ser lo mismo sin ustedes dos. - dijo Pen y miró hacia abajo.

- Lo sé, pero eres fuerte y tienes unos amigos increíbles.

¿Cuántas personas pueden decir que son amigas de Dioses y super armas inteligentes? Creo que va a estar bien. Solo estaremos a una almohada de distancia si quieres hablar. - le dijo el padre y le extendió la mano con una sonrisa. Pen la alcanzó y la agarró. Todo se sintió bien cuando se estrecharon las manos. Todo se puso negro y se despertó.

Se sentó lentamente y miró alrededor mientras gruñía, preguntándose si realmente todo no había sido un sueño al final. Le dolía el cuerpo y no tenía idea qué hora era. Parecía que el sol recién estaba saliendo.

Se puso de pie lentamente y sintió como si tuviera cientos de años por lo duro que estaba. Se cambió la ropa y salió caminando hacia el living. Lana estaba ahí sentada mirando las noticias.

- Qué bueno, estás vivo. Ya lo estaba dudando. - le dijo y sonrió. - No puedes matar a un Kenders tan fácilmente, o ya sabes. Algo así. - le respondió y se sentó en su silla favorita. Se sentía como si hubiera estado aquí desde siempre en su lugar favorito y ya se sentía mejor.

- ¿Qué dicen las noticias? - Le preguntó Pen y Lana subió el volumen.

- Todas las familias reales y los guardianes de las espadas están a salvo en el Castillo Lom. Todo lo que sabemos ahora mismo es que la crisis de las Espadas aparentemente ha terminado. Ninguna de las secciones de la ciudad está reportando actividad mágica o referente a las espadas, y la limpieza ya ha comenzado en muchos lugares. Sin embargo, cientos han muerto en Pamid debido a heridas desconocidas. Los oficiales están investigando esto mientras hablamos, pero parece que la crisis a grandes rasgos ha terminado. En otras noticias, todas las espadas han desaparecido también. Cuando se sepa algo más serán los primeros en saberlo... - Tinea cambió el canal.

- Se está celebrando por todas partes de Antacia. Hay historias de un caballero plateado peleando contra las espadas rumoreándose por toda la ciudad, y nadie sabe quién o qué es. - dijo el presentador de las noticias y Pen entró en pánico.

- ¿Dónde están las espadas? - comenzó a preocuparse.

- No te preocupes. Están en el garage esperándote para que les des permiso de entrar. Creo que los asustamos un poco. Shane y Melissa están bien y llegarán más tarde. - le dijo y Pen suspiró aliviado.

No se sentía bien poniéndolas en el garage, así que se volvió a levantar y fue hasta la puerta. La abrió y vio a siete personas allí. - Damas, caballeros, pasen, adelante. - les dijo Pen y sonrió cuando los vio.

Todavía no entendía todos los detalles.

- Nos vas a dejar entrar. Suena como un buen trato. ¡Oh, tienes un hermoso lugar! Muéstrame el juego Snowcraft. Quiero probarlo. -dijo Lumic y lo pasó volando. Los otros no fueron tan rápidos, pero uno a uno fueron entrando en la casa.

- Solo estamos de visita. Tenemos un mundo entero para explorar, ¿sabes? No esperas que vivamos aquí, ¿no? - Le dijo Ventrix al pasar. Pen solo sonrió a pesar del escalofrío que le vino.

- Por supuesto que no. No hay suficiente espacio para todos ustedes. - dijo Pen y sonrió mientras los dejaba entrar a todos al living. Sabía que nada sería lo mismo otra vez. Sería la mejor historia que jamás sería capaz de contar, pero quizás era mejor así.

Simplemente no tenía una idea de qué le iba a decir a las autoridades. Se ahorraría ese problema para otro día. Ahora mismo, todo lo que quería hacer era conocer un poco mejor a sus nuevos amigos. Después de que Sholtan entró, Pen cerró la puerta detrás de él y se preparó para enfrentar un nuevo futuro. Todo lo que sabía era que no tendría que enfrentarlo solo.

Querido lector,

Esperamos que hayas disfrutado leyendo *La Espada Mímica*. Tómese un momento para dejar una reseña, incluso si es breve. Tu opinión es importante para nosotros.

Atentamente,

Jesse Wilson y el equipo de Next Chapter

La Espada Mímica
ISBN: 978-4-82410-110-5

Publicado por
Next Chapter
1-60-20 Minami-Otsuka
170-0005 Toshima-Ku, Tokyo
+818035793528

25 Agosto 2021

www.ingramcontent.com/pod-product-compliance
Lightning Source LLC
LaVergne TN
LVHW101919220826
846093LV00009B/307

9784824101105